重庆都市作家丛书

如果有一个地方

Ruguo You Yige Difang

张 鉴 著

重庆出版集团 重庆出版社

图书在版编目（CIP）数据

如果有一个地方 / 张鉴著. —重庆:重庆出版社,
2016.6
ISBN 978-7-229-11260-8

Ⅰ. ①如… Ⅱ. ①张… Ⅲ. ①诗集－中国－当代
Ⅳ. ①I227

中国版本图书馆CIP数据核字(2016)第121971号

如果有一个地方
RUGUO YOU YIGE DIFANG
张 鉴 著

责任编辑：吴向阳 陈 冲
责任校对：郑小石
装帧设计：尚品视觉 CASTALY 周 娟 廖明媛

重庆出版集团
重 庆 出 版 社 出版

重庆市南岸区南滨路162号1幢 邮政编码：400061 http://www.cqph.com
重庆俊蒲印务有限公司印刷
重庆出版集团图书发行有限公司发行
邮购电话：023-61520646
全国新华书店经销

开本：787mm×1092mm 1/16 印张：13.25 字数：120千
2016年6月第1版 2016年6月第1次印刷
ISBN 978-7-229-11260-8

定价：25.00元

如有印装质量问题，请向本集团图书发行有限公司调换：023-61520678

重庆都市作家丛书

编委会

contents

目录

第一辑 空山 ………… 1

半部人间，彼此不扰 ………… 2

过　往 ………… 3

不谈爱情很幸福 ………… 4

灯 ………… 5

白房子 ………… 6

吞　噬 ………… 7

佛前的香土 ………… 8

在山中，在浮世 ………… 9

佛耳洞 ………… 10

山　风 ………… 11

满山皆寂 ………… 12

姐姐的山水 ………… 13

你的名字叫暖暖 ………… 14

灵隐谷 ………… 15

山中蝶 ………… 16

夏天的美好，是从清晨开始的 ………… 17

枫香里 ………… 18
无名花 ………… 19
刺　藤 ………… 20
百家店水库 ………… 21
坐忘山野 ………… 22
夜　行 ………… 23
梨花白 ………… 24
壁　像 ………… 25
过竺云古驿 ………… 26
南竹隐士 ………… 27
三　界 ………… 28
夏日清晨醒来的荣丁 ………… 29
吉祥禅院 · 听香 ………… 30
时光之炼 ………… 31
我来过 ………… 33
向晚独坐 ………… 34
黄昏的智灯寺 ………… 35
隐　居 ………… 36
时光在此，孤山 ………… 37

第二辑 静水 ………… 39

宝贝啊，宝贝 ………… 40
爱，不说告别 ………… 41

古镇，孤灯照着 ………… 42
殇　歌 ………… 43
刺　绣 ………… 44
主啊，他们都不是祭品 ………… 46
咖啡叔 ………… 47
我　在 ………… 48
日光之下 ………… 49
旧习惯 ………… 50
无法完成的命运 ………… 51
古镇，上帝的一滴 ………… 52
渴　望 ………… 53
菊花·母亲 ………… 54
菊花·声音 ………… 55
菊花·傲骨 ………… 56
面对一条河 ………… 57
菜　园 ………… 58
因为爱情，我们虚度光阴 ………… 59
十　年 ………… 60
今夜，谁在雪驿吹箫 ………… 62
枯　井 ………… 64
凉风洞 ………… 65
今晚，一个沉默的孩子 ………… 66
回到一味深巷 ………… 67

枯荣大师 ………… 68
空　河 ………… 69
向　往 ………… 70
归　舟 ………… 71
梦　境 ………… 72
山　涧 ………… 73
白鹭不飞了 ………… 74
乡村爱情故事 ………… 75
这世间，到处都飘着破碎的人 ………… 76
五月 · 水岸 ………… 77
流浪歌手 ………… 78
我在夜色中奔跑 ………… 79
擎灯的洋姜花 ………… 80
你像苇花一样 ………… 81
阳光照耀的清晨 ………… 82
且沉默吧 ………… 83
石　榴 ………… 84
设计幸福的女孩 ………… 85
你不来，风来 ………… 86
命　运 ………… 87
冬　归 ………… 88

第三辑 幽谷 ………… 89

我苏醒于一座坟墓 ………… 90

凝　望 ………… 91

天冷了 ………… 92

灯　盏 ………… 93

恰好，你也爱我 ………… 94

掌　心 ………… 96

阿蓬江的崖壁古画 ………… 97

之　后 ………… 98

春风扶柳 ………… 99

辽阔的夏天 ………… 100

幻　航 ………… 101

残　雪 ………… 102

让内心的翅膀在深海慢慢打开 ………… 103

九月书简 ………… 104

活在雾里 ………… 105

秋　夜 ………… 107

三姐的桃花 ………… 108

心　魔 ………… 109

冬日画幅 ………… 110

秋天是位思考者 ………… 111

野　蕨 ………… 112

雨在说 ………… 113
归 ………… 114
暮秋午后见闻录 ………… 115
滴答，滴答 ………… 116
典　藏 ………… 117
参观历史博物馆 ………… 118
冬日，一个人的清晨 ………… 119
青花瓷 ………… 120
金边兰 ………… 121
独　活 ………… 122
贪　念 ………… 123
坠　落 ………… 124
你在梦里，掌灯 ………… 125
观法门寺真身舍利有感 ………… 126
原谅我，至今无法写出死亡 ………… 127
与秋风交换身体 ………… 128
火焰与鸟 ………… 129
当黑夜徐徐降临 ………… 130
致盲者 ………… 131
宿　醉 ………… 132
我曾是一朵烛火 ………… 133
虎崖之上的王倬 ………… 134
回到山村 ………… 135

第四辑 鸣笛 ………… 137

巫山云朵 ………… 138

九　歌 ………… 143

临江：记忆里与你相遇 ………… 152

雨阑珊 ………… 156

阳光一朵朵 ………… 163

看秋风 ………… 165

他留守泥土，孤独化为腐骨 ………… 170

天香词 ………… 173

美是一条河 ………… 177

山　居 ………… 181

颓然草 ………… 183

双桂堂：如果不是爱 ………… 185

依　稀 ………… 188

灵魂线路 ………… 190

小欢喜大寂静（后记） ………… 199

空山

Kongshan

第一辑

半部人间，彼此不扰

田间看草赏花，听见的都是温柔的女声
——半部人间，彼此不扰
你是淡墨山水，我是雾色红颜
空白处，请为我留一声感叹
忧伤也好，羡艳也好
一恍惚，就回到当初的纯色

过　往

这些年，读书，教书
饮雨水，听鸟语

琐琐碎碎的日子
借一支短笛，吹送流云

清溪潺潺，坐石濯足
风来，一竿青竹
节节摇晃，节节坚持

心动，身亦动。一不小心，就走进了
冬日枯荷。有段空白
正好为我留着

不谈爱情很幸福

我老了。现在闭口不谈爱情
晚饭后，喜欢走出小巷，去来凤河边
看看风景。喜欢看孩子们跑过花木基地的草坪
看农家小院篱笆上的葡萄藤，一个劲地
搭建幸福的梦。喜欢看苍绿的叶片上
停着的枯叶蝶，翅膀闪动死亡的冷光
喜欢看冬天的野山果，红得像灯笼
恍惚照着门前那个张望人的白发

灯

一盏，两盏，三盏……
身体的每个小房间，挂满了
夏夜的红灯笼。穿过草地和丛林
轻轻晃动，环佩叮当
发出柔和的光亮

我们提着灯盏
不停地走——上学，放学，上班，下班
游戏，或者做梦。有些灯越来越亮
我们居然没有被刺痛地啮咬，有些灯
何时熄灭，我们亦毫无知觉

旷野，出现一座坍圮的雕花古楼
石狮子摔在门前，五颜六色的残破灯罩
如断翅的蝴蝶在风中慢慢坠落。黑暗降临
我们安静躺下。听见有人说话
有人哭。脚下，一盏油灯
点亮最后三天

白房子

白房子浸润在水里，随一片起伏的山峦
摇晃。我总愿意相信，那里
住着隐士高人或者私奔而去的老夫妻
盛夏的风在树梢上和蝉低语，就像遥远的信鸽
不肯滑下来，带来一片蓝色的香。与你
共度良宵。山谷之外
野渡无人。摇舵的老人站在日光之下
搜集路人遗落的话语和嵌进岁月的
植物的颜色。薄暮
浮动着谷物、云朵和记忆
月光爬上山头，寂静闪动着
透明的羽翼。老人走回白房子
他弓着的背影渐渐淡至虚无

吞　噬

她蹲在树下，数着地上的枯叶
时值三月，花开满枝

她走在风雨中，舔舐着齿颊留香的年月
欲望沉淀，清澈如水
没了慌乱，没了恐惧

她开始沉默。写着疼痛和死亡
星光撕裂，她挡不住爬上额头的草木疯长
她怀抱暮云、落红、玉的碎片和四散的菊香

夜的鸟鸣，分开时间和河水。孤独
浸泡着夜的白。风生水起
她来去呼啸自如

在观念的飓风中心，鲜衣怒马
顶着红色的长发，普拉斯一样
从灰烬中飘然升起
像呼吸空气般吞噬神灵和自己

佛前的香土

隔着一片烟雾。我听不见争夺和吵闹
但我可以听见很远的地方，世人
从风中急急走来的脚步和他们忏悔乞愿的声音
安静的夜，松果掉下潮湿的土地
成为经卷上一处墨迹。空谷流水
雾湿着我们遥远的一生
总有人对我跪拜，点燃香火，试图
燃烧欲望。可是我，我不是佛，只是
佛前焚烬的香土，一粒，只习惯
青灯下的诵经和晨雾里的扫尘
等山门关掉之后，所有的脚步
消失于红尘，一朵夕阳
映着岩壁上几株小花。烟霞掩映
我就随一阵风入了佛家的梦去

在山中，在浮世

一想到残月、孤星，夜色包裹的灵魂
便无限盛开
这满坡树木，一山清辉，都是我的
数不尽的落花，微雨一样路过眉睫

流水在逃逸。鸟儿在归巢
青春正以风的速度蔓延和消失
摘一片叶子，轻声细问
能否借几日，好生逍遥？

天空只剩下云彩。大地
只剩下枯草。如果，能变成一只优雅的鹤
穷尽一生，只为写一行洁白的诗句
在山中，在浮世

佛耳洞

小小的耳朵，听见山风来了
带来竹林外的消息
你们是谁？来自魏晋，还是南北朝
有桃花饮酒，有春风独醉
打铁的走远了，寻访的离开了
崖壁间猝然惊飞的蝙蝠
扑棱棱数声，问路的迷了路
穿透黄昏的天空，这座孤独的山洞
收藏亘古的风雨、游魂和虚无

山　风

将青葱点燃，将点燃化为灰烬，将灰烬
变成往事。将往事中的光影声色
一一过滤。空山一座
只剩下王维的鸟鸣
陶潜的诗香。还有
我一个人的蓝天
一只白鹤恰好路过，翅膀收拢
停在一棵苦竹上，带着耀眼的光
摇啊，晃啊

满山皆寂

此刻，只剩下一种声音：
——空气中弥漫着淡淡气息
像打翻的菊花酒
溢出的汁液，酿造着芬芳的诗意

坐于风中，只为守住这飘渺时空。为一个人
为一段丢掉的梦，为沧桑和疼痛
留一段空白
灵魂相遇了
瘦枝，像一名老者枯守旧事
我们用爱情交换灵魂，也交换风和哑语

你我手中的杯子，抽空了尘世喧嚣
暮秋的温度刚刚好，一些嵇康
一些阮籍
不用担心冬日大雪

姐姐的山水

狼毫为剑，姐姐蘸更黑的墨汁
划开黑夜：哗啦啦数声
风月跌宕，山水顿生。接着
飞入一袭白衣身影
遁肉身，逐花香

然后将扇子挂于窗口
等落叶
吹响隔世的笛声和鸟鸣

新墨若旧，新人已老。将折叠的岁月
一寸寸，寄予西风，藏于
一方幽闭而黯淡的盒子
山水在此，永不褪色

你的名字叫暖暖

这是东晋或大唐遗落的一段时光
一座山
阳光澄澈，丛林幽谧
满山的菊，陶公怎能尽采
葱茏的竹，该是王维和朋友饮酒说起的旧事
那时，案牍无劳，父母健在
朋友无暇，心情明洁
谈笑间，畅饮山水

一转身，还遇见心仪的你
你的名字，不叫暮秋，叫暖暖
你不懂他乡故乡，失意得意
更不懂世事繁芜，朝代更迭
和你一起，走过村落、荒野、寺院
有时，对影子和飞鸟发呆
有时，我们又坐于山巅
对夕光云朵微笑……

灵隐谷

天高远，地静寂
云像心事，被人抛在远方
溪水叮叮咚咚。坐在石头上看青苔
被时光流水梳理得多么柔顺
上午的阳光清澈明亮。风声，一直走向
丛林深处

神灵隐居的山谷，此刻被我占领
我决定放出修炼千年的灵妖
和他们一起隐居

谁在这里，随喜心安
等满山杜鹃开口唱歌

山中蝶

是庄子那只蝶吗？从早已忘记的古书中飞来，飞过
烽火硝烟的战国，飞过泱泱汉唐
到元明清，如同飞至悬崖，一闪而下
此刻，它飞进无人的山林
躲在清凉的岁月深处。枯叶间
羽翼闪亮，自在逍遥
淙淙溪水，照见我的清影。与之凝望的一刻
那只透明的蝶，带着我
瞬间消失于尘世

夏天的美好，是从清晨开始的

夏天的美好，是从清晨开始的
清凉的风，让窗台的栀子花香
唤醒身穿睡衣的女人
然后静静地
走街串巷，来到原野
一路上的花花草草，小声叽喳，开心极了

天青青兮云淡淡。这样的天气
最适合关在房间读一本诗集
比如查尔斯·西米克的《草说什么》
躲在寂静中间，听听草儿们到底在说些什么

十点三十三分。雨水从天而降
用心地为大地洗涤尘衣

潮湿而清新的气息，扑闪过来
小猫蹲在屋角，打呵欠，伸懒腰
墙边的三角梅，一朵朵，无声无息掉下来
小狗从外面跑回来，甩掉雨水，趴着舔毛发
一个被生活囚禁的人，依旧欢欣

枫香里

秋天的流水，说着生活。说着枫叶
说着热恋，说着枯藤的诺言
我不，我就开朵小花
在秋天。沉默不语
沉默里，有着最深的寓意

时间那么多，经过我手心，有几滴
带着你的温度
石头都带着渴求炸裂，而我
依旧沉默

披满身纷飞的雪，我依旧在
枫香里。暗自生长心中那枝荷
在天空之下，起伏，荡漾
该开的时候开，该谢的时候谢

你走了
五道城门同时关闭。满眼的桂花
碎落。离人的水码头
起雾了

无名花

我的姐姐在林中。穿着蓝色碎花衣
小脸微红，等在阳光下
她安静，美好
一生只爱一个人
别的渴求，都给了风

刺 藤

朝着对方奔去，缠绕，拥抱
将爱和恨刺扎进彼此的血肉
甜蜜又疼痛
除了呼吸，他们一句话也没说

夜晚如此美好
他们在安静的海洋燃烧
他们是绝望的火种

百家店水库

最后一滴，泪水泛着惊恐的波澜
那么多的泳者，在水草里抗争
像坠入泥淖的鸟

我的爱人去了哪里？消失于黄昏的鸟鸣
还是松林的溪流
那些被上帝领走的花朵
只剩下眺望的干枯

风，一遍遍擦拭着大地沧桑
红尘是个苍老的妇人
松弛坍圮的身姿，恹恹地躺在那里
如同无边的烂泥

坐忘山野

一半阳光。一半阴影
阳光的一面，是松林。阴影的一面，是灌木丛
我在现实与幻境之间奔跑。一会是云影
一会是风姿。坐忘泉石
几声狗吠推开疏林、菜园、茅舍
老翁荷锄而归，消失于仙人之境
此刻，天地不复存在
我被时间幽闭，去与不去，都
端坐寂寞。向晚风起，黄花
在我身后，落了一地

夜 行

车在乡间公路的记忆上穿越。夜色越来越暗
我越来越亮。亮得如同一颗星子
一个孩子，在叶子上旋转一圈就长大
闭上眼就回到家乡
炎热的夏日，起伏的山峦
单纯的心情——一双黑眼睛
追逐那只飞翔的白鹭

从梦里出发。往事逆流而上
途经缙云山、三花石，停留烟湖滩
最后回到临江

小河还是孩童时的模样
睁开眼，从童年瞬间来到中年
回程开始了。我伸手
触摸到晚年的流水

梨花白

深埋泥土，要饮下多少黑，多少暗
吞咽多少苦，多少寂
才能吐出这满山白银

那一天，她站在自己的峰巅
举起白旗说最后一句：
尘世，再见！

壁　像

和时间告别，断了人情。躲进石头深处
手握一帙经书，半合，半启
凿空的心眼，泄露出生与死的黑白流光

走了云，来了雾。佛音悠悠，响起在前世
野马浮尘的悬崖，是你永远的性情
欲望焚燃，化为膜拜的香炉灰
空山，道德开成野菊一朵朵
让宿命刎颈

端然盘坐。凿痕，苔藓
无法解读的密语
内部的麻木，空寒，悲喜
一场一场的大雪纷飞
从石头诞生，到石头死亡
魂魄里蕴积盛大的寂静
你在等待下一场轮回：石破，天惊

过竺云古驿

下午五点。和斜阳一起，路过竺云古驿
破庙残垣中居住的古人
身穿草服，头戴野花，起身和摇曳的马蹄
招呼：兄弟，停饮一杯否？
好，好

先饮房前大片桂花，再饮后山数股清泉
捉几粒蝉声，慢慢下酒
不作诗，实在浪费
看，到处都是散落的诗意

蚂蚁哼着小调过来，黑色的歌声
漫过石板路。曲水流觞
一朵红颜流来，一枚才子正好接住
今夜，爱情，一定是最美的杯盏

明月爬上城门，诸神大仙走过
菩萨睡了。身上的红，泻落一地
我们路过，尘世
越——来——越——远——

南竹隐士

你好，隐士。深山中遇见
竟如故人。你对我点头，微笑
用光影之手，拥抱我

这样的时刻，唯有沉默
沉默，让从不开口的事物纷纷发言

谢谢你啊，谢谢赐我高处的风
亮烈的节，和这辽阔无边的孤独
这些，足够今生享用

三 界

土房子。破旧，红彤彤的三角梅疯了
遇见一只鸟，就摆开豪华盛宴
农夫在弯田里低头插秧
懒得理它

坟山。阒寂，薄薄的石碑前一束小野花
看见路人，尖叫了一声
——风带着消息，呼呼穿过松林
尘世中的人，别来打扰我们
你们的一切，与我们无关

木房子。独立，屋顶铺满厚厚的落叶
水做的星星，坠落了整个夜晚
那个早起的老翁，煮茶，打扫记忆
空山鸟语，衔来又一春的新叶

夏日清晨醒来的荣丁

暴雨之后的清晨，如此安静。睁开眼
一幅画挂在睫毛上。河谷凉风爬上三楼露台
叮咚流水送来彝族少女的歌唱
我确信，梦已醒来。这崭新的
另一个世界。小镇散落着小木楼，小木楼
摇荡着炊烟。炊烟朵朵，摇到河对岸，摇到
半山腰，摇到大山深处
当然，可以摇到想去的任何地方。只是
我哪都不想去。就想于此
囚禁自己，就像囚禁于我体内的
那株低默的荞茶，未知流年，只管绿着
抬头时，又是春天

吉祥禅院·听香

整个下午。他双目微闭，手指反复转动念珠
用我听不懂的藏经覆盖我和身后那个
浩大虚渺的世界。几片阳光穿过檐廊
浮尘悠悠然。吸附于吉祥禅院石阶前
我，如此倾心而听。听那馨香，绕着人生的八月
缓缓游弋——于是，我学着古书上的香道

洗心，跪拜，上香。把窨过的桂花置于银隔火板
让香慢慢焚，让花尽情开。香逝烛尽
再倒出今世所有尘埃
只见他，手执一盏心灯，让
唯一的思维，贴着赭红的僧袍进入
超脱或超度的黑暗隧道

格桑花儿开遍。跑马山
哒哒的马蹄，从凌云白塔之上奔腾而来
溅起佛香、雨水
和雨霁之后的白云朵朵

暮色深处。蝉鸣，三五下。飘散晚钟的清寂
下山人仰望的眸，从高高的索道滑向谷底
惊起的星子，泛着泪光
一滴一滴，点亮康定古城
新鲜的灯火

时光之炼

岩石、瀑布、彩虹和暗处的人影
都从哪里来？一明一暗的两处肉身
都在炼光，炼火，炼歌
炼水晶的寂寞。身体里
一个潜伏着不羁的风暴，另一个
种下菩提，酝酿着花开

雾气漫过头顶，一卷佛经收拢往昔
青峰宁谧的庙宇，晚钟
攀上悬崖，伸手
欲接住夕阳的秘密

与时间对坐的人数着手里的念珠
蝴蝶飞来——
天空已然倾斜，废厦已装不下
他打开的翅膀
指间碰触的萤火，远昔的回音
年轻时的爱情
一闪而过

这之后，是多么宏大的静寂
突然忆起一句诗：寂寞的人坐着看花
花，就在他唇上开了
不，还是走吧
趁夜微凉，再赴一段未知的赌

注：寂寞的人坐着看花 ——郑愁予。

我来过

森林，你要记得我
野花，你要记得我
山鸡、斑鸠、麻雀，你们也要记得我
我提着裙子，来到你身边
曾有过怎样倾心而温柔的遇见
我的口袋装满草香和风的种子

如今，我要远去。前路如此渺茫
星星会坠落，思想不会沉沦
我活过的王国，有着你们丰富的呼吸和笑语
黑暗中，我沉入水中，或升上天堂
像一束光，转瞬消失

向晚独坐

晚钟敲响
人尽散，感仙寺大门半闭。神终于走出大殿
在院中漫步。大丽花，开了，谢了
后山流水，披一脉月光
哗啦啦小跑

坐在松树下，我在等那颗走丢的灵魂
一只虫子，爬过青苔，爬过水洼
跳上岩石，在一茎苍绿的叶片上
看流云、青岩和天空的灰白
微风悸动，世事如常
野草和人间照旧生长
不过这，仿佛与我无关

黄昏的智灯寺

黄昏的智灯寺
像座大山
将这个世界阴阳分割
鸟儿从高处飞越
流水从低处穿透

那时的我，坐在坡顶，如同生根的草木
没有理想，没有追求
任风在头顶开出花朵，撒下落叶
涂抹风霜
直到黑夜降临，我依旧
安静如初

隐 居

隐居芳草堂。潜心修炼
园子荒废。天空装满鸟声和星光，松涛起伏
结茅为庐
午后雨初歇，一位旧交打马而来
溅一身飞花。隔着高高的菊栏喊我的小名
尘世的光穿过厚厚的岁月照着我
半面妆。娴静，如梦初醒
惊动的大地，暮鸟归来
隐忍的雨水穿过岚烟
沥沥降落，从盛大到寂寥

时光在此，孤山

灵魂轻飘飘，飘起来。当双脚踏进此山
我知道，此生时光，找到了归宿
桀骜，悲伤。繁茂，凋零……一切负重
均可卸下。兀自生长的春花秋月
清风流水，如我，游弋山中

俯瞰江湖，这三月的风，正在洗涤尘世烟尘
欺与诈，爱与痛，罪与罚
所有风暴，终将以落日的方式结束

当天空剩下黑暗，大地剩下苍凉
而我爱的，是这静生喜悦的遗忘
和遗忘之外的空澈
它们亦为我送来梅花新娘，和鹤子无数
尽管，满山幻觉，开满孤寂

静水

Jingshui

第二辑

宝贝啊，宝贝

宝贝，为着你的到来，那一天
我停下脚步，放弃了追赶
在小院莲塘前，祈祷——
你摇着春天，徐徐而来
我祈祷其中一棵蓓蕾，属于我
并为我绽放——一声啼哭
全世界的花朵，刹那
笑成一片粉红的海洋
像二十多年前听妈妈说起的那个暖暖的节日

宝贝，你知道吗？降临是件多么奇妙的事情
充满未知和神秘。我在生与死的海岸线
忍受疼痛和喜悦，反复冲刷
直到心内的魔障纯白又晶亮，像一粒珍贵的琥珀
将悲悯和慈爱封存，收藏在时间
几万年的静默之中

宝贝，即便你一天天长大，不理我，我依旧
对你倾注，关于成长、学习、恋爱
以及生活与世界的种种汁液
只要你嫣然一笑，我就陷入无声的洪流
瞬间回到最初的海洋
沉醉，且幸福不已

爱，不说告别

坐在草地上，看月出东方，银练飞舞
露珠打湿了花边裙
星稀。月明。和我们微笑不语，想着
明天朝霞升起时，我们会不会告别

我们不会告别。一直走向教堂
走向产房。走向中年的河流边
有时我们絮絮叨叨，有时又忧郁严肃

忧郁严肃，一脸霜花。路边的芦苇
全都飞上了我们的头发。前面
是寂寞山林
你说：再见，上帝那里
我们还会相见

我们相见，宁静升起
掌心春花不败，眼中云霞不落
相爱，继续爱，爱到
地老，天亦荒

古镇，孤灯照着

孤灯照着。一千年的古镇
大寂寞。大寂寞之中
有我们沸腾的爱

你牵着我的手，走过暗影石级
夜色中的冷风，饱饮花香
那时，我看见两颗偎依的心，开满
尘世繁华

殇　歌

楼下的老人走了。丧事的场合
铺得盛大而热闹。在教堂做法事，还请来
哭丧手和乐队。哭丧手哭得撕心裂肺，惊天动地
乐队又唱又跳，一片欢腾
孝子贤孙，披麻戴孝。哀伤，麻木。忙碌穿梭
麻将霍霍。一只猫，蜷缩在烛火背后，无声无息

是有些记忆，影影绰绰，盘踞在亲人脸上
或衣衫上。时光一松手，就丢失了温暖。剩下的
也将和空气一起慢慢飞走——眼泪、笑语、旧衣服
院子里来过的脚步和盛开的白菊
某一次的欢聚，某一刻的别离

谢谢你们啊。为他繁芜的一生做最后修剪
今晚，用借来的哀哭和欢乐的歌声
精心装饰，还用亘古的经语和鞭炮
为他驱散此去的寂寞和恐惧
一切，结束于灯熄

刺　绣

风烟俱净的午后。和往常一样
她坐在樱花树下

安静地拿出刺绣。一针一针完美着
镜中女子的容颜。此刻，雪片一般的花瓣飘落身上
君影草轻摇铃铛，向隐入深处的
记忆招魂

浮云聚首，鸟儿归巢
牛羊和花都倦了。锦绣上
田野的植物依旧汹涌着季节的暗语
和风一起，咏叹抒情

三月的水边，她的枝头挂着一枚饱胀的蕾
孩子即将出生。望夫石上，时光翘首以盼
夕影中，她是失了方向的蝶，低垂翅膀
天黑了。偶有小鸟路过
叫声唤醒水底的云

那个女子。坐在世界的动静中
针尖的光亮，一点点
攻破她，某种表达和欲望

黑夜不说话，孤盏
一朵女子的开落

主啊，他们都不是祭品

为三月，开杜鹃。可谁举起刀子
将春天的城涂满血迹
主啊，他们都不是祭品

月光，抱紧那些哭泣的灵魂
春天被囚禁
花朵们必须历经一次征战

绽放，为所有人祝福
细雨不是泪，静静洒落远方的湖

白鸽的翅膀，迎着风
在夜空舞蹈

咖啡叔

深夜。他站起来为自己煮了一杯咖啡
一杯黑色的青春
滚烫的，苦涩的初恋
在旋涡里反反复复

他浅啜一口
咕咚的声音，像石破天惊的清醒
又像母亲隔世的呼唤

他放下杯子，烟雾里
全是生活潦草的笔画，缠绕又缠绕

雨水继续敲窗。苦
或者甜，没有一种滋味可以
缓解这个世界的疲劳

我 在

我如此安静
是你内心的水深

你在黑夜撒下波澜之网
我捕捉鳞光，在每个清晨
一片片，开成
妙法莲花

日光之下

日光之下，并无新事
看了一回花，然后将落花埋进泥土
醉了一回酒，醉后酣眠一千年

趁日头高照，把旧时光翻出来晒一次
晒过的旧梦，有了一点亮色

一切如故
遗忘了四月，大地的棺材。猛然打开
金灿灿的秘密，无人捡拾

等不到大河流过
辽阔的大地，辜负了春光
辜负了活着

只是，偶然醒来，突然忆及
那人走失的黄昏，大雨滂沱
大雨滂沱啊

旧习惯

看你。就像看大世界
疾风暴雨之后，我躲在无人的山洞
看外面的阳光展开春天
一场痛快淋漓的花开
等一个赏心悦目的人
沿山径而来

又或者，你不来
夜清凉。你在远方
我在灯下。恍恍惚惚
会心的目遇。一笑，一别
我寻你，岸边遗落的故事。你开你
满河的芙蓉

这已是一生的旧习惯

无法完成的命运

我在找你，翻遍旧年的晨昏
又找到新年的田野

恍惚中，漫天星光
你如此清冷，又辽阔无边

我是曲曲折折的小路
带着忧伤和彷徨，从四面八方追逐

到处都说着你的语言，我穿过故国
蓦然发现，青葱的我们已被记忆全部收割

无法完成的命运啊，我还没有像一首诗写的那么爱：
“为你，我甘忍凄怆，满怀熊熊希望”

只是，倾尽一生，思量，突围，遗忘……

注：“为你，我甘忍凄怆，满怀熊熊希望”——木心

古镇，上帝的一滴

这是唯一的，一滴。落在繁华的阴影背后
大化御笔随手一扬，指尖淡墨就氤氲成
一首古典小令，荡开青砖瓦房和满河霞光
驿道上，散乱的马蹄被袅袅烟雾
慢慢收拢。收拢青的山、绿的水
收拢鸡鸣狗吠和稚童笑语
时间透明的沙，从古镇上空最偏隐的角度
无声滑落。这上帝的一滴
给遗世的耳朵安放上舒缓的乐音，给
苍老的鬓角戴上鲜艳的桃花
蛮子坡上葳蕤的大树，独自撑起
一片自由的天地——这儿
离最近的市集很远，离最远的天堂
很近

渴　望

一个人。桂花树下
漫步，望月。月照天涯
三千宠爱，都给。而孤独者的身体
装满汹涌的香。你不在
月光很快长满荒草
风，放不下思念
一路追着泪水。时光是落叶
一片一片，从身旁坠落
空荡荡的秋夜，无人吹笛
无人路过

菊花·母亲

她含苞，开放，颤抖
容颜在风中凋零
苦涩的香，一生缠绕，沉淀

我是蝶
俯身花蕊，吮吸她的甜蜜
同时，慢慢缩小为其中一瓣
和她一起
在荒草尽头承担岁月的风霜

菊花·声音

我听见她在唱，很小声
像小时候夜色中的歌谣
清泉、鸟鸣、童声，从梦境流过
回音低微辽敻——
无休无止地歌唱，直到抵达泥土深处
那些失落的记忆
都在那里，都在那里熊熊燃烧

菊花·傲骨

一朵疲惫的花，开在我满是沟壑的心上
它一出声，南山的树叶
像某一年的秋雨纷纷扬扬
它如此清瘦，瘦得只剩下骨骼
它的骨骼堪比思想
秋风一来，几茎枯枝
就是磬钹钟鼓

崖间最后一朵，举着灯笼
给扫墓人留着
而我拾得一根骸骨
一缕花魂

面对一条河

面对一条河，我是有些索然无趣，且十分颓败
——那水，被一双巨手分开。那山，也被
一些个强盗五马分尸
我们曾经笑谈的呼吸，在空气中抖动起
微澜。一条灰色的长蛇便呼啦啦
杀将出来，杀进胭脂桃花
杀进初春院落，杀进黑茫茫的森林
和乾坤……握在手里的笔
变成秃笔，画出的山是秃山
画出的水是秃水。可是
我还有什么办法
一颗宋词的心，被一匹
瘦马拖进咿咿呀呀的声带上
破空而去。徘徊在开满菊花的
竹篱下，吟诗，喝酒，谈古，
数典，都是
下辈子的事了

菜　园

夜色游荡在群山之间
流浪汇聚为一种颜色，回到庭院
洗去烟尘，疲惫尽除

菜园里，不用猜，都是
小时玩伴、故友、旧交
对季节不再激动。安于住进黑暗
静逸，舒心。大梦一场
度过时间的虚无，世间的危险
歉疚而谦卑。躲开一切
隐身，隐语，成为
蔬菜、草木，或者石头的一部分

因为爱情，我们虚度光阴

你不会甜言蜜语。你种四季野花
只为我舞蹈
你不懂浪漫。你牧漫天清风
偷吻我额头

为了逃避俗世和流言
我们栖居在天梯最高一级
白天，辛勤劳作
让粮食、果蔬和云朵，一起填补饥饿
夜里，十指紧握，相拥而眠
缠绵成月光，一起抵抗寒冷
雾起雨落时，我们默坐
有时唱歌

这几十年，因为爱情
我们一直虚度光阴
在云雾山上

星子从手心坠落，又奔涌出
黎明的霞光
在这寂静浮动的银河，过完这一生
下一生，再下一生
如果有

十 年

被往事般的枯草绊住，在你面前
我虚弱得如同末代帝国，风雨飘摇
从站着，到跪下，到坍塌在地
没有思维，只有泪水……

十年，好浅。春天的柳絮
刚刚探出头
深山沟的小溪松松绾上一个结
我的白蝴蝶，飞出掌心
在坨儿田的胡豆花上，终于
找到两朵黑眼睛

十年，好深。不可测的陷阱
装进了童年、苦难和美好的梦
上面漂浮着蜜语、花朵
波纹一样的小路延伸向四方八面

十年，好低。一个小小土丘
隆起的是一点点
可以触摸的念想和疼痛

十年，好高。一座大山
托举起我一生的精神和魂魄

我不明白，母亲啊，上天给我们的
为什么，为什么只有短短十年缘分
十年，三千多天。三千多天
只够为你垒起一方
冰冷的石头之家啊

雾锁苍茫，纠缠着我一生的目光
隔着泥土，我要拥抱你
我亲爱的母亲，你会听见
河里的鱼群，地上的稼穑，空中的鸟儿
都在替我说着爱……

世界如此寂寥
你一定可以听见
女儿轻轻的，反复不停的呼唤

今夜，谁在雪驿吹箫

——写给庄奴先生

黑暗，在天地间挣扎
风雪，在生命里游走

一位老人，一株守在岁月边上的梅
心里养着一个小太阳
安静地开

今晚，天上的月丢了
地上的人亦丢了

他有，有酒和歌
在淡淡的呼吸里
用酒燃烧寒冷
用歌喊醒那些酣睡的香

没人能看懂
上帝在雪地上的书写

可他听见了幽谷回声
听见了春天花语

他在六孔间穿梭，就像徘徊在六道轮回
他喊着祖国，喊着大陆

喊着亲人喊着朋友
喊着妻子喊着儿子
……

他穿过一片森林
风，将过往吹得那么远
老，来得那么快

喊着喊着，突然间
他发现，自己滚烫的胸膛
猝然爆开一片月光
而九十二岁的自己，化为遒劲的树干

他眼睛里的雪，突然崩塌
融化……

今夜，谁在雪驿吹箫
通往春天的岁月落满梅花
记忆被风捡拾，收藏

枯　井

在青草遮蔽的一角，桃花少女
消失不见。昼与夜从黑暗中升起
喊不应前世，喊不应今生

这没有泪水的眼眶，这被人戳伤的窟窿
这秘密的黑洞，这恩怨情仇砌成的虚空
这消逝的水源等同于背叛，等同于遗忘
等同于去向不明的灵魂

有时候，芸芸众生点燃枯萎的星火
你是湿淋淋的微风，回来
照见一枝枯荷，这就算
荡漾与明媚——
这突然的遇见，深不可测

凉风洞

我遗忘了一个地方
一条街道
一扇窗

我遗忘了一条河
一叶扁舟
一场雪

我遗忘了走过的山寨
搬过的石头
燃过的焰火

有一场往事，再也不会翻开
有一个人，再也不会忆及

最后一次打望尘世
走进去，洞门关闭
真相深藏其中

凉风，凉风顿生
生命正在消融
黑暗包围

今晚，一个沉默的孩子

今晚的月，走丢了。沉默的孩子
坐在墙角，听灯盏和影子说话

父母的大海，一定比黑夜辽阔
帆船高扬希望，浪涛吹奏梦想
未来紧挨着他的眼眸，迟迟不肯坐下

一个人的日子，种小南风，万里浩荡
父母回来，并肩站在梨树下
微笑，笑到虚无

梨花雪纷纷扬扬
他奔跑着，笑了，哭了，谢了

回到一味深巷

那个阳光灿烂的初夏午后
我们坐在陵园浓荫下
与时间对峙，与逝者对话
与生活和谈，在儒释道之间
来来去去……最后，回到一味深巷
虚度将尽的天光
和黑夜

枯荣大师

他住在峭壁危崖，修炼千年
到如今只完成半面妆——俗世挣扎的那半边
是日渐枯槁腐朽的肉身
天国神往的这半边，是新枝嫩叶
盎然春意

空　河

一条小河，睡在春天的树下
梦语，在静静呼吸。这么多年
它一边收集鸟鸣、落花和天空倒影
一边掏空尘埃、淤泥和骨头里的伤与痛
它对时间，视而不见

向 往

最向往，山水间，与时光对峙
路过的孩子说我痴傻
那一刻，我已学会飞行

归 舟

岸边，梨花静静落了一下午
一对夫妻，载一船春天，漾起蓝湖的梦
夕阳绯红，涂亮了惊飞的白鹭。山峦和村庄
升起袅袅心事，这个傍晚
空气清甜，大地让我如此倾心
燕子们，请小声唱歌
风儿，也请你再温柔一些，我怕你一来
就乱了那叶归舟的方向

梦　境

现在，只能在小院里推着轮椅，转圈
圈越来越小，人生越来越少
十二月的风，爬上树枝翻过围墙
在她身上打个颤，她像一片枯叶
坠地

枯叶静静躺在病房，风，继续猛烈地吹
可吹不醒她的梦——
叶子被卷进一条甬道
甬道越来越窄，越来越暗
春天的花瓣被吹成片片狂雪
她抱紧冰冷的自己，心里极度恐怖
莫名的东西拽在手心：票根、雨水
阳光、刀片

走啊，走啊……梦境无穷无尽
女儿的呼唤撕心裂肺，将那些漂浮散落的记忆
凝聚为最后一朵月光，挂在她
归来时的窗前

山　涧

很安静。安静得可以听见自己体内的流水
哗哗，哗哗流淌
曾经的千寻瀑，早已渡化
余下旅程，只剩两个字：等待
等你路过，等月照影成双
如今，她必须懂得含着石子和泥沙
冷却从天而降的火焰——简单活，清澈爱

只是，很多次，因为念想
一低头，便映出云朵溢出的泪
这无法阻挡的，是秋天掀起的
蝉声一样撕裂的尖叫

白鹭不飞了

黄昏，去围墙外僻静的碎石小路散步
池里三只鹅、两只鸭
与我为伴
两行白鹭飞来，我用口哨打招呼
它们噗嗤嗤地飞了

后来，我小心翼翼地朝它们挥挥手
它们盯着我，胆怯，狐疑，慢慢靠近
再后来
它们不飞了，在水草中栖息
在小路上散步。我们熟悉、亲切
如同家人，仿佛
彼此都不存在

乡村爱情故事

从日出到日落
胭脂花开得热烈。院子安静
核桃树长出灯盏
黑夜的石磨推着白昼
月光洁白

坐在木椅上，我为你摇动香气
你为我放出蝴蝶

手与心，远去了惊涛，只剩下小股流水
素年悠远……

这世间，到处都飘着破碎的人

黄昏，风雨中响起老虎、豹子和狼群的嘶鸣
水仙早埋进土里。栀子在路边啜泣
亲人们被万千利剑追赶

我甚至害怕推窗。那围攻而来的，一群群黑色的飞鸟
煽动着比核泄漏还恐怖的绝望
坟墓呻吟，花朵纷落，繁星坠地
淡淡的月影，从我孩提时种下的歌声里
一闪而过

这恣意的欲望，这沉痛的愤怒
这逃也逃不掉的锁链，勒住青山的咽喉
卡断河流的歌吟。满地的白骨
在古书里寻找美的意象和幸福的灰烬

眼眸空洞。我在一张纸上，点燃思想的闪电
用眼泪恢复桃红李白，用残损的手掌
触摸火焰的种子和雷霆之爱
可是，我迷失了方向。只能回到最初的起点
回到母亲给我一个人修筑的黑暗宫殿

可是，你们，你们呢？人类将去哪里
夜渐深，战栗的故事，泣血的尖叫
这世间，到处都飘着破碎的人

五月・水岸

暮色里，她伸出手捧起一掌水声
和蛙鸣——摇了摇手里的五月
孤独的梦都变成满天星斗

风调配着泥土和花朵的气息。外婆、母亲的脸庞
渐渐浮出水面。她赤脚奔走在深水，百褶裙迅速盛开
又凋零。黑暗追赶着她的脚步

此时，月亮已经退潮。水波演绎的
是时间的墨迹。她的泪，她的笑
漫过青春的堤岸，渐渐远逝

最难忘的，是十七岁的岸边：远处，山如眉聚
云首低垂。近处，栀子如雪
木窗飘出的灯火，正好停留江面

流浪歌手

天桥、步行街、饭店门口
你的身影，像一片黄叶从红尘高处坠落
你怀抱吉他，如同抱紧自己羞涩的尊严
面对陌生人的脚步，毫无表情
你低头，拨动琴弦
梦幻与苦痛，沉醉与酸辛
在虚无的海上起伏
点头。谢谢。浮尘继续飞舞
当脚步与喧闹消失
你的寂寞与饥饿在子夜的寒冷里
风雪蔓延……

我在夜色中奔跑

走着走着，我开始奔跑起来
在乡间小道上
夜色追赶着我。风，在身后
一声接一声叹息。疯狂的藤蔓
如同乱七八糟的生活，不断拦住我的脚步
雾从山顶倒下来，罩住我
小小的身影

天黑了。我看见远处的河水
灵魂在发亮。它用清澈的语言
唱着一支不朽的小调，没有皱纹白发
只有沧海桑田

擎灯的洋姜花

你张开蓓蕾一样的小手，拨开腐朽的空气
摇着金色的梦。蝴蝶飞来，扇动
波浪一样清新的呼吸。你拒绝时光的魔咒
拒绝马蹄的诱惑
扬着头，绣口轻吐
让一朵朵小月光，开满原野

你留守在此。寂寞的乡间
慢慢学会为自己擎一盏灯
照亮苍凉的黑暗
那个独自哭，独自笑，独自长大的孩子
看着，看着，在这个无人的夏夜
带着思念的清香，亦飞了起来

你像苇花一样

你突然消失那张清秀的脸
被暴怒狂打并践踏
一座城的雨水反反复复掉下来
淋湿了梦的屋檐
裹进废墟的你，像困在死神怀中备受蹂躏的花
我努力靠近，不停呼唤
你的笑，勉强而艰难
随雨滴，苇花一样飘散
青石板路上，你奔跑的身影
如雨势蔓延

我捂得住脸上滚落的泪水
但捂不住心口的疼痛，砖头巨石一样
不停砸下来，砸下来

阳光照耀的清晨

晨曦又至，可是我再也看不见你
你在哪里？坍塌的老屋，折断的树下
狼藉的街市，还是荒凉的山麓
月光一夜一夜，刺透眼眸
寻你的路，如此漫长
你一直在我忧虑的路上

阳光照耀的清晨，阴影
却长进花蕊。苦痛缠绕暖香
一座城的雨，是我不竭的泪

我多么想伸出巨大的手臂，拥住你
让你战栗的身躯
慢慢平静下来

且沉默吧

不幸的事，就这么发生了
且沉默吧。让琴弦省却哀叹
让忧伤在体内积攒力量
让诗歌省却虚无
让苦痛在心中酝酿希望

如果有一天，蝼蚁一样的生命，爬过伤痛
带着这沉默的温度，爱汇成银河
一定可以照亮重生的灵魂

石　榴

期待半世的容颜
正在枯萎，每一道茎脉
都充满秋雨的忧伤

湿雾拂着绿衫，藉一片清凉
你在蓄积烈焰
你要替六月的荷爱一次
你备下桃红万朵
要在梳理秀发时插满枝头
你要重回三月，像泼水的阳光一样
放肆地爱一回

你含住口中的火
爱你的人正快马加鞭，星夜征程
亲，开吧。那时，你的心门
会豁然爆开
卸下满世界的冷月和风霜

设计幸福的女孩

春天落红，酿的那瓶酒，可以饮了
田里的空心菜葱葱茏茏，掐一把
就是一顿盛宴。几块石头，也可以炒出美味
石桌子摆好碗筷：爸爸妈妈，如果
你们回来，小芹会给你们一顿惊喜

六岁的女孩是设计者，也是摧毁者
狂风乱，大雨未至。她先
呜呜哭泣起来

她虚构着种种幸福，在虚构里
亦只是一个空想者
时光不曾倒流，年年长大的她
始终够不着挂在夏天树梢上
星星的笑容

茅舍疏篱，花自开，狗空吠
小溪如练，女孩学着它，绕过李子树
奔向远方

你不来，风来

你不来，风来
风来，摇得满山树木疯疯癫癫
你不来，雨来
雨来，敲打半启的窗

漆黑的山道，只有一人
还在赶路，崖树间仅有的几只灯笼
不知被何人，换成数声猿鸣

失意者，将床头灯盏摁灭
枕上江河，漂渡着明天
耗尽的是呓语

那人来，定会搬来一座山
为他填海

命　运

八月的乡村，拥挤的街道
我看见敞篷车将很多狗载离

车来人往
阳光站在街道两旁的树叶间
高高地笑。阴影里，是
一堆残疾孩子
断枝一样蜷缩的身躯

逃掉的那只小狗儿
舔着其中一个孩子血糊糊的伤口
他空茫而清澈的眼湖，有凉风
徐徐吹来

在命运灰色的角落，他们
这样相遇，且彼此慰藉
世界如同夜色
慢慢安静下来

冬　归

故乡的落日，溢出行囊
在连绵起伏的山脊奔跑
归家的目光
将落叶吹得呜呜响

麦苗青青
山路弯弯
轻轻轻轻的脚步
踩出一行行低吟的诗韵

房屋破旧，低矮，落寞
灵魂的声线，缠绕着母亲白发
梦中的一切，有了生长的地方

月光多么温暖，一片片
洒落山间。鸟儿归巢
星星开始萌芽

幽谷

Yougu

第三辑

我苏醒于一座坟墓

我苏醒于一座坟墓。此时
鸟已散尽，碑前的空地上残留着香烟
香水、羽毛和一堆苍白的骨头
桂花落了一地。木香、雨水、薄雾
肃杀之气泠泠而来
在很远的空谷，晚风敲响寺庙的钟
隐约可见，三两小童洒扫着前庭后院
时光还在黑色的掌缝打坐——
听禅，望气，饮露，读天上流动的经书
或修炼隐身大法
在某个将醒未醒的清晨，随一声鹤鸣而去
尘世上，不用记得我曾来过

凝　望

风在枝头一动
往事就掉下来
落在年少时
你穿的那件白衬衣上

一个凝望时间的人，如同
一只等待起飞的鸟
在绝望的时候，希望
又一下消失于远方

天冷了

往事在暗夜幽幽发亮
我是你火盆中
一笔一画隐喻的女子
在炽烈深处舔舐爱的静寂
我拒绝生活的脏水
流过我的门前

天冷了。西风如此残忍
将生命一件件褪去
我紧紧抱住的
灵魂，薄如锡片

灯 盏

无边的夜色
灯亮了，如同重新揭开的时间
沸腾的城，省略了山水
省略了阴影
还省略了大段大段的情节
解放碑的钟声敲响
有人祈祷：快乐，且深爱
他们交换寂寞的外衣
黑暗之外，上帝
听见比河流还远的滴答声

恰好，你也爱我

风是自由的灵魂，拂过墨色时空
你停下匆忙的脚步，在这里
花都开了。朵朵替我等着你

空气中漂浮着草木的芬芳
树叶摇动。蛐蛐儿不停喊着你的名字

拥我入怀。空气是波浪，缓慢回旋，荡漾
萤火虫飞来飞去

吻我。新叶的触角在延伸
火焰沉默，群星闪耀

我听见山峦的回声。幸福的心跳
你不断从水里浮上来
河水呻吟，肆无忌惮
一直连接到浩渺的大海

我释放了自己，然后纵火
火星飞溅。一万朵玫瑰狂奔

大海闪着粼光
今晚的月亮真好啊，好得像太阳
夜色即晨曦

那是因为
恰好，你也爱我

掌　心

有许多的路，通向知识、名利、疾病和爱情
有许多的暗流，涌向前世和来生。千千万万个
紫罗兰盛开的梦境正在延伸。那些故事
在幻象之外，结局在手掌之中
只有一辆轰隆隆的火车，顺着手指
朝着十二月的稻田一路奔去
势不可挡

阿蓬江的崖壁古画

来了，都来了，他们都来了
那些征战的勇士将军，炽热的
达官贵人，苦辛的贩夫走卒，可怜的
乞丐书生，还有浣衣老妪和闺中红颜
他们着统一的黑色长衫
自顾自地走在乌有之乡，在晨雾和江风里
寻找着自己的位置。上下左右
街头巷尾，河边莲塘，雕栏茶肆，屠场妓院
有时他们御风而行，有时
倒头便睡在汹涌的时光之上

太阳出来了。他们从另一个世界
醒来。一些灵魂遇见另一些灵魂。如此陌生
又似曾相识。只有佛的另一种光芒照亮
飞升的水珠的沉默。谁也没有想到
此去的路途如此艰难。在尚未抵达之前
或许，早已置身其间。而离去之后
依旧在这里，被宿命的风
悬着行走

之　后

雾被揭开，发现
果实已经干瘪霉烂
等待是必需的
结局常常出乎意料

鸟儿在雪地上闪出一道黑光
从孩子的尖叫声中消失
幻觉还在天空
甚而，一天高过一天

这不是梦想
而是生活本身

春风扶柳

春风扶柳。从诗经里生长出绿盈盈的诗句
涛声之外，还有一撇一捺，伫立海边缓缓解缆

欲望之鸟。是一张巨大的网，展翅欲飞
从天空到大海。它要穿越那道旖旎的水之门

云雀的箫声。用此起彼伏的蔚蓝，唤我乳名
尘世既远，时光在晨曦的芬芳里，冒出杨柳岸

春天正在一路狂奔。一万颗水珠还在发芽
琴声漫过长堤。而我只是路过，有三分钟眩晕

辽阔的夏天

辽阔的夏天。你牵一朵阳光，我牵一朵月色
神的孩子，微波上牵手的两片小舟，花香荡漾

五月里有浩瀚的麦田，蓬勃着金子般的心
每一粒梦做成的金子，都在咯咯地笑

嘘，轻点声！天空化好妆，比雪更纯洁
我怕你把藏在地底深处的影子吵醒

合上眼睑，世界消失不见。那些粉笔画下的线条
成为母亲的呼唤，将我孤独的命运，紧紧缠绕……

幻 航

汉字变成的鱼儿不再蔚蓝。莲的隐喻，被流水消耗殆尽
风在远方，说着雾霾和筋骨传奇

我将呓语洗涤晶亮，插于头上
一只手臂装饰年华，一只手臂划动烟霞

小舟，卸掉了风暴的动词和形容词
思念很轻，贴水而过。半悬的苍凉，铺天盖地，无边无际

静谧如梦啊。千万别惊动欲念里酣眠的白鹤
粼粼水声，奏响绝世的美。我挽系腰间，是献给月夜的颂词

残　雪

残雪还在山峦怀中。横着吹，一支短笛
漫山遍野绿色，小精灵宛若悟空的孩儿们

很多年前，骑牛戏水，扑蝶，拈花
小河游弋，春风沉醉，乳名长大成了山路

驮一身沉默不语的汉字，跨沟，过坎
烟雨穿越在田间，风播撒水灵灵的鸟鸣

隐了意境，坐在牛背上，遥指杏花村
老马识途，牛有归路，所以相忘于江湖

让内心的翅膀在深海慢慢打开

蝴蝶的姿势如此倔强清傲。在伸向天空的沸腾针尖上
一路舞来。承受了蝉的诅咒和蝎子的算计之后
蓝色火焰，从高处慢慢退下来。低至泥土
低至大海最深处。此刻，我终于相信了
海是安静的。静水流深啊
霞光云影在浪峰上游走，而我
躺在海风柔软的波心，珊瑚一样
在海水清凉里，把内心的翅膀慢慢
打开。自由呼吸，痛快地活。生命
原来可以这样——吞下江湖夜雨，亦能从容优雅
静等满树青色的词语，在深蓝中开出红色的娇艳
看，风吹过来。时光沉默的爱，倒映着人世
苍凉的静美，如同这个刚刚走来的秋日

九月书简

花房深。冷月在后庭柳梢等候
九月的风，真的来了。摇动着
瘦瘦长长的树枝，像失散多年的故人
送来泛黄的厚厚书简。如落叶，堆满颓废的墙角

红莲曾开在下午三点。湖水澄净，夏日的故事
正在打结。低低一声敲门
幸福的苹果被击碎

夜已凉。独坐窗前，镜中发染霜
命运朱唇轻启，一边吮吸着草木的清香
一边因过于沉重而往下坠落

还有什么。如舌上的苔藓，坚韧地生长
同时又疯狂地走向潮湿的旅程

活在雾里

我相信，这里有一条河流
即便三九天，也在奔跑，只不过
它已飞起来，你听不见声音

我相信，这里有一群孩子
戴着花朵，在田间追逐
即便脚下踢倒石子，也在咯咯地笑
只不过，他们将悲伤，撒成漫天蒲公英

我相信，这里有一片森林
即便怒海狂涛，暴雨如注
它依旧能在风暴中心种下安静
只不过，他们都变成枯叶和凋花
这不是什么秘密。流水浇灭星光

月色吹走歌声
黎明从夜的泪水中醒来
在摇曳的光波之上，我们
正一步步陷溺死亡

生烟的山峦，缭雾的村庄
走向远方的老人
一切，就像一出正在上演的戏
等太阳煮沸热血
又苍老一颗深绿的心

我活在雾里。为看清真相
与泥土上的露珠，很近，很近了
几乎就快融为一体
清凉，透明地消失

秋 夜

秋夜。细细的促织声，分开
时间。零散的悲喜，静静泊于江湾
几缕白发，在流水里酣眠。莲的余光
穿越浓浓的喧嚣，在竹帘的浅香里凝固
然后，一点一点，滴落，滴落……这个夜
是有一些寒气，一些忧郁和寂然
往事在旋涡里浮起来，又沉下去。远处
空城悬浮，灯光摇曳。那些从不美到美的人
裁去模棱两可的头和脚，一千年的光阴
从棺木里行来，直航到烟水深处
暗处流动的月色、幻景和隐藏的珠贝
养活着我这泥土一样的肉身。我要学着
会思想的芦花，开满汀岸，而又置身事外

三姐的桃花

三姐捧着绣花绷子，坐于窗前。一枝桃花
斜斜地伸过来。与她相隔
几个模糊的青词和一个季节
三两声清透的鸟鸣，荡起严冬心里的涟漪
油灯下的绣布，一夜春风
绽放的花蕾和水里的鲤鱼说了一宿的软话。黎明时
梦的羽毛上飞出了几只青色的鸟儿。竹林下
一个衣衫端正的少年郎走过来：
三姐，后院的桃花都开了
三姐粉红胭脂，低眉浅笑，擦着手指上潜藏的不眠
和诗情。从门帘下，转身消失

心　魔

我坐在我的骨头上，正在穿越
一条镜中峡谷。在雨水落下来之前
躲开那个围追堵截的魔

蝙蝠飞啊飞。在黑色的山谷打转
流浪的魂魄，根须长于何处
谁知道，它曾有过怎样的焦灼
像烈火一样噼里啪啦地燃烧
如今，一只鸟，啄破苍茫的宁静
像一口巨钟，撞开
刚刚铺好的旧时月色

这孤独的入梦者
从玫瑰的阴影里醒来
怎么也找不到黎明的出口

冬日画幅

这是老画师最颓废最懒散的一笔
酒后的颜料，打翻在风雨中
捧着的宣纸，本应有一片明丽的山水
还应有一双璧人撑舟徐行
而此刻
水波动荡处，一个词，在苦苦泅渡
思念的河，很浅，浅得可以照见闪着泪光的睫毛
思念的河，很深，一生的画笔，也画不出
一声鸟鸣的苍茫

秋天是位思考者

秋天坐得高远。他的目光越来越清澈
内心也变得清凉。他总在夜里醒来
听草木悠然叹惋，听果实修炼神性
听寂静啃噬星光

成熟的香味，慢慢煎熬。思念的旧物，逐一送还
大地堆积的夜语，像琴弦飘散的音符
也像无数小天体坠落的碎片

秋天这位思考者，仰望苍穹
放出胸中白鹤，飞越辽阔的迷惘
开始缄默不语

野　蕨

一个固执的声音在宣告：
万物重生，我有我的位置！

从林幽深，从寂寥，从冒水湖
从咕咚咕咚，饮风暴
重返人间的春风浩荡

而我，遗世的孤独，忙于挣扎
忙于从良善，从希望
从时光的荒芜，从天真

从蓬勃的力量
爱其所爱

雨在说

雨在说，小声说着黄葛兰的香
一点绿，一点白
初秋在呢喃里荡漾，洗着伤口和风尘

雨在说，声音淌过老巷子的青石板
石榴树上的红灯笼，静静照着
一地的陈年旧事

雨在说，佛手观音决定
要带走一个人的秋天

雨在说，生活如此之慢——
很多年了，阁楼空了，煮月下酒的那个人
如今熬成了漫天飞雪

归

唐街。宋城。爷爷奶奶的家
时光逆流而上。而我在另一条河流里
迂回而下……

清晨，太阳升起来。照着高墙上的花朵
老人在石桌边捧起一本天书
江边传来解密的汽笛和捣衣声
粗粝的生活，一天天堆垒。一千七百年
河岸高了，凤凰山低了。小镇古了

日子那么漫长。月光摇着沉思的草木
一只水鸟拖着我的翅膀
龚滩可以见证：我是怎样
将自己慢慢吞下，化为烟霞
回到这里，终日游荡

暮秋午后见闻录

那人，躺在枯草上。身体里
也长满枯草。他自言自语
偶尔配有奇怪的动作
空地上野炊的孩子，无视他的存在

秋阳，慵懒惬意
销蚀着生命残留的绿
野鸭顽皮天真，拨动着满池疯狂的浮萍
此刻，女友电话乍响，一只白鹤
就俯冲至头顶，像爱情一样闪亮
又消失

整个下午，我和白发钓翁一样
不嗔不怒，不悲不喜
终究一无所获
最后，绕湖旋一圈
水草里的死鱼和垃圾
触目惊心

河对岸的人，与我对望一阵
人世并不慌乱，他转身离去
于是，我亦披头散发
对花木和风，说再见
天，很快暗了下来

滴答，滴答

滴答，滴答，滴滴答答……
雨水不大不小
刚刚好的节奏，刚刚好的韵律
是天籁
为我读诗，我喜欢

雨中，蚂蚁们回家了
隐在玫瑰花瓣的香气里，说着远处的美食
蟋蟀学会了沉默，伏在翠绿的菜叶下
一动不动

土里的玉米抽完穗，身上挂着红色的流苏
像乡间待嫁新娘
远山、稻禾、农舍，在雨中静穆
后山的溪水，哗哗流淌
我听见暗雷滚过天边
泥土中的蚯蚓，正谈着明天的幸福

毫无征兆，生命却蓬勃生长
我坐在窗台上，倾听，发呆
雨丝正好飘在我裸露的手臂和小腿上
像冰凉的丝绸拂过
一切多么简单
就像我爱着一个人
爱着全世界

典 藏

雪，融化在一条河里
我，开始变得空洞
阳光在水里
荡漾

许多年后，百花还在歌唱
唯我静默，如月色

参观历史博物馆

我的新鲜
像一滴路过古城的眼泪
从秦汉唐的裂缝深处逃出
正好遇见灼灼烈日

冬日，一个人的清晨

天空将太阳放出来
飞翔的翅膀，却裹着层层大雾

我将你从最深的远古放出来
清澈的目光，却陷入混沌的大地

天空在解读万物的生长
我在破译你散发的光芒

天空解读到丰盈
我破译到虚无

这是残冬。这是我一个人的清晨
穿越四季，我已疲惫。错过了
变成翡翠、玉石，而成为枝头一片枯叶
在天空与你流动，飞舞
变得轻盈，静美
再也无须取证，遗忘或者怀念

青花瓷

灯光下，繁芜的刺青，像身体的一道道经脉
因爱着，复活
前世的苍凉，来世的未知
她关掉所有感官，沉湎于想要的美

抵抗过生命中无数的痛
从一摊泥开始
搓捏，定型
接受阳光的热恋，接受怪癖和矛盾的爱，历经砥砺和焚燃
肉毁骨存
还接受刀子的削凿
闪亮而出，她把一生的光阴都嫁予等待

山水转动，月色流走，连自己的声音
也渐渐消失，意外相遇，总会惊得你魂飞魄散
那些达官贵人和文人墨客
把漂亮的诗画和廉价的咏叹一起
附弄你的风雅

其实，我宁愿死去，宁愿在一声
干净而清脆的碎裂里
展现最后的洁白

金边兰

原本住在客厅阳台
我将它移到书房阴凉一角
素颜青衫，镶嵌着独自喜悦的金边
喜欢它是安静的
不说话，不渴望，不嫉妒
甚至忘了浇水，十天半月，一个月
一个炎热的暑假里，它依然不嗔不怒地活着
今夜，月下看它，怦然心动
伸出手
轻轻抚摸，它日复一日寂寞的呼吸
我讶异：
它与我有着同样的节律

独　活

天上的星，亮起来了
有人在楼上唱梅花落
几缕浮，几缕沉
我在颓墙瓦砾这边，旧海棠一样
新叶旧叶一律沉默。其实你完全不必在意
我是纤枝细椏，喑哑多年，现在
每片叶子都在轻弹一帘星梦

独活是最好的方式。既然不是热带植物
清寒的花，开不开，不重要
重要的是，有人持灯赏花
无意间点燃了藏于胸膛的
喷薄火焰

贪　念

像月下的花朵，摇曳妖娆的身体，开出美丽的容颜
它吐着可怕的长舌头

从黄昏到清晨，有人骑在一匹马上
在虚幻中狂奔

误入黑森林，美人仿佛被鸟声收去
密布的荆棘充满陷阱，巨大的陵寝装着尸首
雾霾沉沉，升腾着厚重的杀气，但贪欲

从未满足。天地寂寥，那些猩红的花蕾
刚刚入梦，又被夜行的脚步惊醒

多么悲伤的时刻啊！哭的，笑的
都在朝着同一个方向奔去

坠 落

——读阿尔贝托·莫拉维亚的《罗马女人》

她中邪了。从春天走来，两步就到了秋天
她走得实在太快
她的身世有着腐败的根须，妖娆的花朵
每一天都在萎谢
可是她却毫无知觉……
她总陶醉于雨水之后，饱满的肉体带来的情欲绽放

爱情逃亡。生活一路狂追
从画室里的裸体模特儿，到站街女，到小偷
灵魂深处的恶魔一旦放出，随时可能攫取
枝头的红苹果。向下飞翔
谁也阻挡不了一颗心的坠落

其实，砍掉那些横生的欲望，她依旧单纯明亮
一如你我，却浑然不觉
枯叶覆盖之下
生命依旧冒着鲜嫩的芽

你在梦里，掌灯

你在梦里，掌灯。来往于黄昏雨后和黎明前
你的速度超过光速，你总是步履如飞来去如云
每次想你，我的河流就会决堤
决堤，是思念的常态
每一抬脚，我就坠落滚滚洪流
然后顺着波涛，漂流至大海
所有过程，不过一瞬。一瞬活
一瞬死。死，是奔向终点的酣畅淋漓

活，是在河流之上
轻轻睡去，又轻轻醒来。醒来你依旧在我梦里
梦里，我在死亡，你却永生
而活着，每一天
我们都在贮藏爱的秘密

观法门寺真身舍利有感

切开千年时光，挖出法门寺
地宫，千年的阳光倏然醒来
像烈火，像烈火中的钻石，灼灼闪耀
树一样的往生，在雨水与落红里
生长，修持，剥落，焚烬——那些
关于戒、定、慧的种种
所有肉身必将腐烂，没有一块骨头
可以化为舍利，只要
欲望还在

用静寂倾听，骨头里有悠悠经语
一丝一丝，飘下来，飘下来，消散
消散，又凝结
尘世纷乱，脚步匆匆
暮色苍茫，他们听不见忧伤，只有
日子还是日子，水穷
云又起

原谅我，至今无法写出死亡

一个人躺在哪里？深山，沟渠，还是大海
一个人怎样躺在哪里？从病床，从马路，从悬崖，从天空
一个人丢下了什么？身体、欲望、亲人和悲欢
一个人躺下了？安详，平静
一个人再也回不来了？追赶的人
越追越近，却无能为力

原谅我，至今无法写出死亡
只记得一个人躺在竹林下，三天三夜
身体变成枯叶，变成石头，变成风
一个人沉溺，一个人走在路上

一个人在泥土里消融和遗弃
一个人像向日葵，凝望，收聚
生命的光芒去向不明

我偏爱那一刻：远处的灯盏亮起来
最后的雨滴落个没完
风一吹，就熄灭了你，熄灭了我

与秋风交换身体

像无形的丝绸，拂过田野的面颊，裹住
树木的腰肢。过秋风千里
我像一团花朵慢慢膨胀
又消散
清新的草木香，弥漫开来
很快，我与秋风交换了身体

坐在光秃秃的树枝上，看远处的红尘
又像在梦里，来去自如
此刻，西山的落日
正以滑雪的速度坠落
不知不觉间
消失于漫天的夜色

火焰与鸟

这时秋风终于有空
又来翻动被自己弄乱的自然之书
收割后的稻草、豆秆和桔梗

散落在田野上，啪啪燃烧
像飞翔的大鸟，重新打开翅膀
在火焰中，鸣叫，升腾

夜色中，仿佛坐着一堆观看的人
依旧感受到了内心的迷茫
慢慢化为灰烬

风吹过，这归于宁静的爱情
激情飞溅，灼热滚烫
如此惊心动魄

当黑夜徐徐降临

无人知晓，月光和蔷薇如何凋零
江湖为何一夜之间消失
两岸拔地而起的巨人，吐着雾气
天空在降落
贴着地面的高度，浮萍和垃圾铺成运动场
鸟儿和虫鱼一起锻炼
一种坚定的毁灭，来自风的反刍

黄昏轻轻走过——是谁制造了眼睛的阴影
是谁扬起愤怒的鞭子抽着人类的耳光
（沙尘暴、雾霾、酸雨、臭氧层空洞
火山、台风、寒潮、地震……）
伟大的痛苦和沉重的不幸仿佛在融化
最后的波纹宣告着，人类遗骨的醒悟

这个黄昏，我坐在岸边
莫名地流泪。我希望是一场雨
孤独地下，执着地下，打湿着归途
当黑夜徐徐降临

致盲者

当风席卷风，日光偷走日光
傍晚时分，世界只剩下荒凉
所有惧怕的灵魂，都在渴求安稳
我在山中，亲眼见着一只蜘蛛，吐丝
织网，让自己住进命运的抚慰
一朵路过的野花低语：歇息吧，孤独者
该为自己找个地方凋零
低飞的鸟，被荆棘刺瞎眼眸
黎明来了，它依旧一无所知
在寂静中一路逃奔

宿　醉

围着火堆，他们在朗诵，舞蹈，歌唱
火堆活着，冒着滚烫的热气
一棵树已走向死亡。歌声和情诗
燃烧着流年

一些人转身离开，一些人正在靠近
苍凉的夜空，吞下了鹰的背影
脚下的月色，淌着锈迹斑斑的誓言

谜底在哪里？生活被意义
涂抹成一张光怪陆离的花脸
目光中的今生，跌跌撞撞
一场宿醉，吐出盲目的风，盲目的雨
和今夜刚刚饮下的欢颜

我曾是一朵烛火

我曾是一朵烛火
在寺庙破旧的烛台，恍惚而过
钟声响起，月亮悄悄爬上山冈
疲惫的菩萨在暗处转了转身
我便随众生，扑哧一声熄灭。一只黑蝙蝠
飞出大殿，世间残酷的真相随之抖落
比天还高的祈祷书，空无一字

虎崖之上的王倬

虎崖之上的王倬
端坐两百年前的巨石，用狼毫一样的手掌
抚摸烈火灼伤过的岁月。他借清风
漫无心情地翻阅山峦和溪流
又是八月，桂花落满翰林山庄
他回到月光深处，将寂寞
当做心爱的女人，疯狂爱

回到山村

村庄很老，打马归来无人识
木门虚掩，狗吠鸡鸣
无人吹笛，无人打铁
我孤独的马蹄，溅起落英如泪
溅起夜色如雨
下吧……一直下到小河涨水
你撑舟而来与我相见

山村静极
满山花在谢
往事，爱情和亲人
谢了，随风安葬

一切，皆因春天而起
我们就这样徒劳一生
——追逐灿烂，消于缄默

鸣笛

Mingdi

第四辑

巫山云朵

昔者先王尝游高唐，怠而昼寝，梦见一妇人曰：“妾，巫山之女也。为高唐之客。闻君游高唐，愿荐枕席。”王因幸之。去而辞曰：“妾在巫山之阳，高丘之阻，旦为朝云，暮为行雨。朝朝暮暮，阳台之下。”

——宋玉《高唐赋》

1

高唐之观，悠游的云朵，是鸟儿种植的花
长江路过，带出一腔
幽泣的泪水

2

巫山。朝雨，行云，雾霭重重中
一部厚厚的情史，被江风翻得涕泪长流
岩壁上那些晶亮的露珠，你若要采摘
必须更改这一世行程

3

云去，风歇。一切传说归于宁静
请不要扰了我的清梦——那光芒万丈的爱情
正睡在我碧波万顷的袖间

4

什么都不要。春天的清晨，请霞光做我的姊妹
让她们小声喊醒，一丛丛野生植物，贴心的温暖
和骨骼里的痛。波光里的艳影
抑制不住咚咚的心跳

5

怀王之后，巫峡便空了，那个莲花盛开的下午
和幸福一起凋谢，黑夜的灯盏高悬于
苍穹之外

6

不，我明明还看见月亮的眼里充溢泪水
我明明还看见云朵的脸上满是忧伤
为何你，从此，消失不见

7

天空又出现可怕的日全食。那么多血红的花朵
藏进地壳深处

8

鸟声倾斜，黑夜被磨得吱吱作响
我不敢低头，一低头，那些爱的记忆
就泻落成行

9

我在梦里，不敢翻身，甚至

花的蕊，轻轻一弹，也会震动
一江浪涛

10
我的眼在枯竭，在失明
等待和寻找一样
让人触摸到的是紧张的电光

11
望霞。舍不得的，便是这黄昏吐出的猩红信子
如果可以，我愿意沉睡 24 亿年后
继续与江水同眠

12
铁轨铺到银河，那些鸟儿喜极而泣的歌声
铺满江面。轻轻涌动的是
云朵的呼吸

13
时间沉睡之后，才听见山峰的呼啸
爱情沉睡之后，才听见恋人的呢喃
望霞的人儿，在世人眼中，一定是
最后的苍茫暮色

14
大禹走后，我站在灾难和死亡面前
日复一日，年复一年，把人间花蕾反复打开

这颗心，除了分享夜晚的嫣红，更要在石头里熔炼
缤纷的花朵

15
秋天，一场雨，让满山枫叶尖叫
泣血的西风，让那么多人的思念疯狂

16
我的唇边，开满山茶花的水岸
舌尖轻舔岁月，秋日下午，一些果实
正在归来

17
我头顶的星星，提着灯盏
顽强地穿越黑夜的隧道
奔赴巴国

18
雪开始下，我的心坚硬如铁
鹧鸪飞过梦境，只有乌鸦
从未背叛

19
所有呐喊都会成为峡谷回音，所有誓言都会如水东逝
枯藤的针尖向天空突围
涛走云飞，每一次彩虹不过是
尘世每一次最美的幻影

20
我薄薄的想法，驾流云清风
蝉翼一样轻轻飘，轻轻飘

21
谁在喂养那些雪花，喂养那些羸弱的诗句
除了踮着脚尖，我只有颤动的呼吸

22
一群白色的骏马，在太空奔驰
一群红色的鸟儿，飞越巫山
日也惊呆，月也惊呆
残雪溃败，一座顶天立地的山峰
梅枝一样，挑亮人间春色

23
静坐水面，诗歌顺水而去
爱情的江山无限辽阔，又小如一滴水珠

24
“云雨朝还暮，烟花春复秋”
巨石覆盖下，我有不竭的云朵——巫山的云朵
最美的云朵，千朵万朵，千载万载
升起来，升起来

九　歌

人世情爱，无非如此。

——题记

第一卷　鬼之卷

1

千年大雾，下了整个前世
山林幽暗如地狱。一只青蝶，魅影一般
在重峦叠嶂间亮开羽翼
微热的波光，揭开
覆盖冬天的衾

2

采薜荔为衣，女萝为带
清亮亮的河，洗出眉眼
鲜翠如滴
手尖辛夷，满身桂枝
摘三月春花，做火红的豹
裁春天的霞，做斑斓的狸
山风一招手，我就从
黎明的额头狂奔而来

3

幽篁丛丛，雾霭溶溶

再远的路，背一个情字

你亦会负重而来

4

你的洞穴或山峰

一场大雨，正在逼近

如果你不来

我就用惊雷

揭开黑暗的风雨

为你织一匹惊世的锦虹

5

荷盘托出的消息，大雁带走

千丈云烟的路口

藤蔓已将今生紧紧缠绕

一条活泼泼的溪流，淌过万壑

洗成倦意红颜

6

早霜又起，芦苇胜雪

密林里，萤火如豆

更鼓闲敲，半生已化流水

渔樵不老，早捉一枚星子

趁夜色自斟自饮去了

7

深谷。蝉唱

痴情人的梦

满山冈的月色

都被等待颠覆

一口空山，石泉低诉

后年的人语。苔石上的清影

被冥冥秋雨拧走

几声杜鹃啾啾

蘸夜色汇成一朵火玫瑰

8

还是荒芜之地。立下的那桩誓言

已在万丈高楼之下

城市的街口，霓虹是酒醉不眠的眼

后半夜的青春，无人唱：

窈窕淑女，君子好逑

对岸灯影，溯游从之，宛在水中央

9

古老的神话，锁着重重黑暗

山鬼的孤独，是每个你的孤独

如果夸父不死

一定可以追到热爱的太阳

第二卷　神之卷

1

天空，孤鹰啸傲。仿似
久等的乱箭，在风雪中瞄准了
牧神火热的胸膛

2

曾有一场激战。爱神与死神之间
一季花开过。一世山中孤独而过
昨夜的猿猱，啼痕又高
火的重量压驼山崖孤松
我的内心
无限黑暗，一把绝望的剑，从肌肤
浸入血肉，穿刺
痴情骨

3

如果不要这场恋爱。悬崖边的箭镞
是苍鹰盘旋，呼喊。渴望结束
一场旷世之恋的流浪
让我的灵魂回归肉体
体内的冰岩在一轮红日之下
碎裂，剥落，崩塌
我的傲姿，轰然倒下

4

雪，又开始下。一场叛逆瞬间赶到
人生的黑袍扔掉也好，今夜
坐于空中禅音，啜饮一世泪水
将生命的火星一一凋熄
斜睨远方：好一场大寂寞！
不要求饶，囚禁幽冥的爱
呼啦啦从胸膛破开

5

弓箭出鞘。爱情，若不以血来喂养，终究
会是枯草。云中神
迎着宿命，迎着笔直坠下的死亡
擦出最火的火星
那是因为，曾经的你，为我
点亮了心火

6

从冰壁滑下，是我半生的煎熬
泪水苏醒，汇成桃花春涧
我弃前尘，弃后世，如你
所要的温驯，体内潺潺细流
将你的雄阔江山，声声唱成飞瀑

7
飞越的不过红尘。漫天飞絮
亦自会惊心动魄。熟悉的灯光
照着的，是自己的影子。神
依旧渺小，苍白，无能为力

8
凝视无边的虚空。聆听心跳的狂傲：
拿走，这鸳鸯戏水的游戏！
我只有三千弱水，一瓢浮萍
留一缕最后的晨曦

9
夕光中，抱紧的
是虚妄。是最后的
脉脉柔情，生死相依

第三卷 人之卷

1
山间一日，人间千年
从云朵走下，从山峰走下
从洞中走出，从池中走出
无人的午夜，雾气在慢慢消散

翠峦在展现青春的姿容，花朵为我妩媚
露珠打湿石径。这三千年，一场梦
还给昨夜的大哭

2
梦见你不来。伸手谋取泪痕
山顶的日光印在我的脸上，素颜沧桑
喧扰被最薄的鸟声送走
一条瘦影与我相伴
誓言像一枚图钉
钉于心上太久，终会在肉里生锈
如果舍不得拔掉，只不过
加速了肉身的腐烂

3
明月怎么拴得住清晨的脚步
四季更迭，照亮的是虚空

4
山盟海誓的恋人，口述的乐园
一瞬，聚散。最好是干净的缄默
你我之间，无须张口
一颗心已在岁月中洗尽悲喜

5

记忆是最后一幕。一只青蝶
扑向那轮红日
再前头，是人间的花园

6

草径。花丛。树林。情歌
繁星过处，情史千页
爱情逃不出那场魔咒
一缕白发照亮残月
岩边，青蝶从暗处飞起
停在我的泪泉。它小口，小口地
吮吸着银泪

7

最后一滴，在破晓时分消散
花瓣飘荡在隐居的空谷。我想起你的爱恋
你的叮咛，你的不舍，你的远去
仿佛，我们之间不曾遇见
不曾有过
人间的那一段

8

浮生如倒影。你的脸上
开一朵淡意微笑
雪夜舟中，一壶温酒

暖了愁肠，看书，赋诗
小儿女撕掉的岁月，飘满
春天的风信子
素衣女子撩起帘子
石桥上，一对恋人在日暮中奔跑
将山神鬼魅揉碎，不要新故事

9

旧梦如雨，雨纷纷。三生往事
落地生根
河水在夜色里静静老去
你擎爱举星，静等清风弹一曲
荒村烟火冷，路边春渐醒……

临江：记忆里与你相遇

记忆是一种相遇的方式。忘却，是一种自由的方式。

——纪伯伦

1

东山隐隐，如一匹云马
在记忆的浓雾里穿行
远处，碎银闪闪
说着，笑着，临江
这么快就到了
我突然沉默。如低垂的天空
蓄积已久的雨水
纷纷泻落

2

时光真的会开花。开了……
可不是花朵。是绿色的蔬菜
每一棵都绿得年少，绿得心跳，绿得要人命
每一棵，都挂着幸福，结满信念
是送给来访者的祝福
田野清香飘荡
四月的风缓缓吹过河流和村庄

3

辽阔的海洋。我在万顷碧波上
起伏，跌宕，行走，狂奔

4

别说遇见。这是梦，正在打开无边的卷轴
一个女子，站在画角
她低头，为一棵蔬菜浇水，施肥，和它耳语
没有一个路过的人注意她
她的背影像极了年轻时的母亲
一只早起的鸟，站在棚上，鸣声清悦
它习惯在清晨
问候每一棵醒来的蔬菜

5

岩边的苦楝树站成远古孤侠。槐花幽幽
送来洁白的往事
……雪花漫天。黄昏，父亲煨一盆炉火
等我回家。日子艰难而清贫
可整个童年、少年，世界都是红亮亮的

6

树叶上的雨滴，摇晃着不肯掉下来
多么像当年站在踏水桥上
左，右。右，左
不知道该往哪个方向走

回头看父亲，他已消失在小路尽头
岸边，一排整齐的苦竹
探身入水。身体里的泪
一滴滴滚落江水

7
女孩，被一朵云衔去
飞过临江河，一直往前

8
渡口锈了。渡船老了
渡完世人
而今终日沉默的它，谁来渡？

9
春天的夜晚，洒着月光的信息
我在转山沟。转啊，转
旋转，剥离，飞升……

10
这一世的青山绿水
我苦苦寻找，生命的源头
如一条青蛇，在泥土里穿梭

11
没有哭声的泪。碎裂，惊醒半世的梦
临江。临江。寻常，静谧，自然，美好

又让人心慌、慰藉和神秘
努力抵达临江
可是我未必能真正抵达
如同永远走不回的昨日

12
春雨嘀嗒，嘀嗒……夜，静下来了
菜园，始终缄默
我是一滴雨水，沉醉于
忘却的自由

13
哦，不，亲爱的临江。请你等我
我要安息
在你怀里

注：2014 年 4 月 19 日—20 日，重庆知名作家、诗人到璧山采风。20 日去参观了我的家乡临江（现名五龙，已隶属于八塘镇）的十万亩蔬菜基地。因工作原因，未能成行。于是在记忆里与之相遇，有了此小诗。

雨阑珊

桃李春风一杯酒，江湖夜雨十年灯。

——北宋 · 黄庭坚诗《寄黄几复》

第一辑

1

雨太大。夜色中，无助的人
举目远方
航帆何处

2

穿过夜的叹息和灰烬。此夜，我将自己
锁进三千年的冰窖。深，寂，空，冷
空门之外，是一道道墓碑
灵魂的空地前长满荒草，潮湿而阴暗的梦境
埋着亲人的黎明和黄昏，还有
我年少的涌泉和傲骨

3

前面，光阴的斜坡，微光点点

4

一双巨手，撕碎母爱
抬起厚厚的生活，将童年的色彩压下去

灰色的山水，灰色的云朵，灰色的乡村
哭泣的夜，我添油，点灯
试图写一首闪着星光的诗

5
世界太过寂寞。我是怕失眠的我
颗粒无收
无法确证时间是真的
亲人是真的

6
雨夜有霉烂的腐味，是青春过期后
发酵的味道
梨花带雨的爱情，挂于枝头，吞掉
花瓣和风尘，然后
掷于泥土
孤零零的我，在泥泞里赤足找寻

7
我一抬头，忧伤就掉下来
像五月的桐花，雪片
藏着看不见的秘密

8
离别时的拥抱。转角店前的争吵
黑暗的小木楼中做爱。等你回来
语无伦次的解释……

偏安小镇，不可触摸的惶惑
脆弱和坚强。痛彻心扉，信仰布满皱纹
清澈的泪怎么抵得过生活的洪水滔滔，卑微的抗争
怎么抵得过锋刃的袭击

9
稀里糊涂地活着。教书，逛街
打麻将，带孩子
偶尔夜读古书，看焰火
人在繁华，心在暗影
一百年，一千年，从睡梦中突围
露珠粉碎，叹息无法收割云朵的闪电

10
雨，送来遗忘的甜香。黑色的飞鸟
敲打破旧的窗。彗星从峭壁上飞来，它在寻找
丢失的另一半自己
草丛中的游魂，小声唤着
屋檐上挂着的一缕天光

11
虚无，从虚无中涌来
从虚无中消失
这就是世界的真相

12
一只蝴蝶，飞离掌心，飞进黑茫茫的心脏

暗疾缠身。我沉下去，世界在我头顶飞翔
那些纯洁温柔的少女，凋谢了
淡淡的眉睫，长出枯草

13
需要多么辽阔的雨，才能制服夜的悲伤

14
渴望回到婴儿，渴望爱和被爱
闪电颤栗的一瞬，世界突然安静下来

第二辑

15
八月的热，撑破了头颅。九月的雨，哗哗泻落
从云层高处，不管不顾
击打人间疾苦，或者盛世繁华

16
听雨。挂在窗口的哭声，像阮籍荒草野地的嚎啕
天风肆虐，广武已是满山枯槁
那场惊心动魄的战争，已化作潺潺流水
徘徊良久，掘不开下陷的时间，霉花点点
不小心长到心门

17
几声咳嗽，从雨水中传来

青衫者，撑开老朽的伞骨，抵挡生活
老了，向世界妥协
沉郁，充满宿命感和巫气
滴滴答答的乐音，沿雨线
走一条回魏晋的泥泞路

18
一川山河，是摇橹的波涛
嘉陵江水，呼船，船不来。它在
青黄不接的中年里反复打转

19
曾有一次，站在朝天门，和阿伦指点江山
她说，小桥流水不一定在远方。你要去
完成一场鏖战而终将溃败的战争

20
世界如此窄小，人心如此浩大
灯光暗淡，一叠稿子如同帆船，在漫长的叙述里
漂渡今生
一只飞蛾在船舷徘徊挣扎
扑棱一声，栽倒在吻火的路上

21
大风隔窗敲盆，雨中狂呼，落叶纷纷断肠
多少束之高阁的历史，被一声狂啸
冲出。固若金汤的城池，没了下水道

很快沦陷为末日的方舟

22

灵魂被堵，谁来援救？

23

夜是蓝色的。枕边海洋

晃荡着欲望的桨橹，漂浮着 2012 的恶咒

凌晨一点，屈大夫披发行吟，世人皆醉

我不醉。举世皆浊，他说

要用清白之躯去喂养一个腐败的王朝

凌晨五点，一个高大的身影来到江边，他发誓

要疏通灵魂的下水道

一气扎进去，至今还未上岸

24

此去路途迢迢

乌云压着心里的痛

一匹白马，跑出京都，跑过悬崖

秋水里有长天

落霞里是孤鹜

起身，拔下才华和傲气的羽毛

从虚弱的气息里纸醉金迷

和为贵。和死亡言理：莫须有

25

水往东流，落日下

巍峨博冠者，走到尽头
门前冷落
鞍马稀
春风送来的，被秋风索回

26
她想小睡一会儿。昨日的雨落在今朝，送别的人
凌晨五点出发。这个忧伤的季节
她眼里的告别，是未知的噩梦，是无法
猜测的天极。有人在雨中沉下去，又浮上来
往事的大海上
固守半世的江山开始塌陷

27
大雨是一场葬礼，埋葬尘埃和花魂。而乱世中葬花的女子
其实是在埋葬自己
内心爬满的虱子，比洪水过境的尘埃多得多
九月一到，该按时离开。漫过朝天门的河水
在关闭自己的闸门，再也不敢放开
浩荡的梦

28
雨水，从九月开始，铺开
苍茫的江湖
十年灯火，在秋夜离开
从东晋回来

阳光一朵朵

朝堂上的风，突然乱了。这顺驯的笏板
只哗啦一声，就被骜直之人
扔于万里之遥的百丈高岩

华岩寺中。修行者，一杯清茶
泡淡了百世繁华

大殿外。木叶偶起雅兴，起舞一番
忘不了招惹静坐闲人

有景赏景，无景阅风
再不然，听虫唱鸟鸣汇于洞中
滴水生花

将心事都寄了。空山流水
思，越念越远。天上明月
情，越切越薄
秋天的霜，漫过春天的脸庞

腾一座空城，矗立江边
像一颗启开的巨蚌
吞下翻涌的泡沫，用最空阔的缄默
迎接尘世潮汛一次又一次袭来

不老山，香火不老
一如既往，燃烧着过客悲苦
和宿命轮回

破山大师的禅语，念着，念着
天便空了，地便澈了

秋天。阳光一朵朵，敲响古刹钟磬
穿过梦之叠影，某年的春天
一步步重回这里

时光清寂，庸人自悦之

注：华岩寺位于重庆市九龙坡区华岩乡大老山，因寺南侧有华岩洞而得名。民间传说古洞中石髓下滴成水花，故称华岩。该寺始建年代无史可考。华岩寺岩高百丈，形状像笏，寺内外松竹修茂，十分幽邃，有天池夜月、万岭松涛等八景。华岩寺属佛教禅宗，接嗣于重庆梁平县双桂堂破山大师。

看秋风

多少天涯未归客，尽借篱落看秋风。

——明·唐寅《菊花》

1

一粒种子。一粒
天涯未归客，苦寒而饱满的心
秋风乍起夜，沿苦蝉声
找寻回家的路

2

我在雪楼。一场突然而至的巴山夜雨
载我渡河。黑色的波涛席卷而来
滚动着烛火，和古人的诗句
案头乍然一亮——阮籍来了
提着菊花酒，半醉半醒
嚎啕大哭。他说
无路可走，无路可走啊

3

一架琴抬上刑台。嵇康铮铮的琴声，火花飞溅
《广陵》散尽，39 朵红色的菊
熄灭东市，尘世的天空骤然昏暗

4
雪落无声。不提关山万里
不提乡愁迢迢。烟灰满地，酒瓶空空
祛寒，壮胆，熏染白发
大醉之后，放飞紧闭一年又一年的
忧伤。一个袅袅的声音在呼喊：
归——去——来——兮

5
大寂寞。无言的波涛
汹涌而来。古人，旧事
都是暗流
一片废墟在上

6
夜半惊醒，一朵东晋的清菊
从玄霜里爬出
静寂生长，暗处的悲喜
薄凉香，供养时间
也供养我枯绝的心

7
摇曳的身姿，画三个人的剪影
风吹木叶，沙沙响
灯笼装满夜的影子
一些淡，一些浓

一些悲辛，一些苍凉
梦呓里，小小的她，生出无数双翅膀

8
风在吹。夕阳下，长长的影子
在金色的海洋，翻遍古书

9
像懵懂少年的脚步，停留下来。古城墙
吹台上，又一次传来盲人乐师师旷的箫声
如同当年的滔滔洪水。接着
大禹来了。踩着万丈波涛
肆虐的洪水，在他大手一挥中安然听命
循着箫声，李白、杜甫、高适也来了
他们提着诗歌的灯盏，抱着菊香和文字
一起舞蹈

10
这是开封府。这是黑脸包龙图
他的身体是山，手是刀
他执法，端坐高台——
奸污邪恶，溃败如流水。斑斓的菊
身披霞光，齐齐赶来
他在，铿锵的高音就在。他在，朗朗青天就在
看，漫天乌云
夺路而逃

11

天波杨府的菊花，是合唱的美声
高亢，铺满一地。当佘太君点燃杨氏家族的花朵
一朵，一朵，轻轻浅浅的色彩
怒放在黑夜，怒放在金戈铁马中
巾帼英雄，穿过婆娑的泪
一个民族在仰望里如铁塔挺立
身边有人，如我
泣不成声

12

大相国寺。信陵君早已离去。战火
纷飞后，佛声悠悠
秋天的花香在擦洗战争的伤

13

战火里长出的古塔
巍然屹立，托举着中原的日月
那么多的风，穿越烟尘、疾病和死亡
从繁芜到苍凉，从苍凉到宁馨
从坚守到颓败，从颓败到新生
回首，三十功名尘与土。前望
八千里路云和月

14

书画三千里，何等磅礴美丽
颠沛流离的《清明上河图》
在这里还原真实
城郭、市井、炊烟
琵琶、流水、船舶
每一部时间史
每一部帝王渴求的太平盛世
从遗忘中提取到
最后的秘密

15

天一亮，融融冶冶的黄。占领这无垠的天空
金色的衣衫，金色的眼眸，金色的嗓子
金色的香气，金色的琴弦，金色的旗子
金色的潮水，金色的日月，金色的光芒万丈
盛大而激昂的合唱，唱响整座城市
非同寻常的诗意
穿越历史山谷的隐逸
被谦卑的花朵小心守护
学堂里，孩童高声吟诵：
山气日夕佳，飞鸟相与还
此中有真意，欲辩已忘言

他留守泥土，孤独化为腐骨

这是一个发生在我老家的真实故事。一位留守老人死后数天无人知晓。他身边带着的是一个不到两岁的孩子，每天在腐臭的房间里摸爬，寻找着腐烂的食物生存下去。累了又回到爷爷的尸体边睡下。街坊发现时，其状之惨，无堪言说。

——前记

空了，空了……都空了
他的花，他的果
他的叶，全部被腾空，掉光
乡间寂寥无边的天幕下，他是
一株空荡荡的葡萄藤，正在枯萎老去
即便，九曲回肠
还藏着小春天

怀中的新芽，那可爱的孙子
是从他老骨头上
刚刚冒出的翠绿的小希望

瞅着，瞅着，眼空了，心亦空了
就像这栋用一生的辛劳垒砌成的独院
现在成为了空冢

三个儿子，两个女儿
丰茂鲜活，开花结果
就在眨眼间，怎么就变成蝴蝶
纷纷飞离枝头

隔着时空之远，思念之邈
他的酒杯，盛满残月倒影

夜里，猫从窗棂跳下
打碎了碗
起身，突然袭来的头晕，眼花
平时蛰伏在身体里的痛
如此刻的狂风暴雨席卷而来
呻吟声，惊动了草窝里的狗
它爬到床边嗅了嗅摔倒在地的老人
又转身回去躺下

挣扎着，无奈和心痛，是细碎的刺
穿透无尽黑暗
扎在葱茏的青壮年时光上
暗橘色的灯影，晃动着
食物霉烂变质的各种臭味

生命的能量和疼痛，在飘散，飘散
低低的喉咙里滚动着爱的絮语
像五月的槐花

一点甜，一点苦，一点酸，一点涩

远了，远了，一个人的坚强
一个人的郁郁寡欢，一个人的泪和痛
他手里紧紧抓着的十年前
一家人去乐山大佛旅游时拍的合照

觅食的猫和狗，不小心蹬翻了电话
生活的流水线，到此中断
唉，唉……全儿，梅子
你们好久……能……回家
黑暗的屋子，电扇绕着
老人最后的心事
晃动，晃动，一圈又一圈

小孙子抱着爷爷冰冷的手臂，躺在他身边
醒来，在房间里摸爬，和猫狗一起嬉戏
寻找着腐烂的食物活下去

外面又一轮灿烂阳光
他在角落中，无声无息
腐烂，生蛆，消散
许多天，无人知晓

他留守于此。最后化为一堆腐骨
融于泥土
他孵出的春天，还在成长……

天香词

宋之问《灵隐寺》有诗，“桂子月中落，天香云外飘”，故后人称桂花为“天香”。

——前记

1

秋天的清晨，跨出院子竹篱，我看见
古铜色的山梁，有青色的烟云
在成长。熹光挟着花蕊，在风声蝉语中
密集地洒落我的童年、少年
那时，母亲在田野
接住细碎的阳光
驱杀季节降临的肃冷

2

坐于树丛，我听见
她血液里卑微的芬芳汹涌而来
为昨夜死去的月光
默念一个人的名字
她的手指，隐隐拂过我的脸庞
她的脚步，从喜悦走向静寂

3

风扭转脖子，看着夏之影
从季节的门缝闪身进去
鹧鸪声声，吞吃一层又一层秋雨
一些落叶在腐烂，一些记忆在消弭
秋天最后一簇火，点燃了
这小小的暖
紧紧抱住世界的苍凉

4

天香来，小山满是词……
从她唇上吮吸晴光，害怕寒冷的人
从她眸里寻找归园，害怕死亡的人
这一场盛大的花事，起落如潮

5

秋扇，折进去多少时间风暴
山岭横亘，蜿蜒如五屏
青葱弥漫，只有一种暗示
——一条火龙猛然醒来，舞动一座城
托举升跃的新日

6

勤劳锤炼的大地，长出的灵魂
必然纯白或金黄。黑夜里
她的声音微小
像呢喃，像心语

当闪电，穿透夜幕
从一个人的左心房进入右心房
我确信，历经阵痛之后的大地
所有悲哀都会弥散为月色

7
这是历史的浩宇，这是崭新的家园
这块土地游荡着远古而来的
屈原、李白、杜甫、柳永、朱熹……
被现实烧灼的皮肤，有着暗褐的痂痕
而他们的衣衫，挂着拂晓带露的桂枝

8
城市的天空，飘着渡河者的倒影
有人奔忙途中，有人劳作地里
折桂而回的人，围炉而坐。一坛千年佳酿
喝醉了平淡而琐碎的日子
酒香，在眉宇缭绕
人生幻觉，终有宁静，或者某种顿悟
整个尘世，都在净化和抽象

9
窗外，天空高远。一种信念，倔强生长
永不可砍伐。如同不守道规的吴刚
永远砍不掉月宫桂树。嫦娥坐在枯枝之上
影影绰绰。羞涩又华丽，优雅又峻烈
挥不去的是人世永恒的寂寞

10

从渝东南望过去，西北千里，江山都是她的
一面面大鼓，敲得铜梁震天响
崇高、美好、吉祥、忠贞……这烧红的铁水、泼得
火星四溅。从 84 万子民的眉心铺开一条坦途
通向春天的清晨
从薄霜里举起一双双手
喊醒九月，苍龙在溪谷与山峰之间盘旋
秋天的落日也是一种壮美。它吐出寒气
将天地的明和亮
汇于数不清的蓓蕾，风一吹
就密密麻麻开满山河岁月

美是一条河

1

在一株牡丹花下沉默。鸟兽们纷纷潜逃
彩云大片大片归来。站在慈悲和良善面前
美，冲洗着
我们日渐肮脏的灵魂

2

那一刻，我哭了——
只有清澈的泪水，才可照见
彼此的灵魂

3

你容颜清丽，端坐雨中
脸颊泛着淡淡红光
我远道而来，攀过无数
囚禁生命的栅栏

4

回到这里，垫江
从今天开始，我要正式归隐

5

听，春天在远处鸣响
而我，心空如空

6

爱上你，却说不出喜欢的理由
就像面对紫色、白色、粉色的花朵
每一朵都让人迷醉，而我
只为其中一朵心动

7

自然。静寂。野生
舍繁华，穿布衣
你用三千年嘶哑的嗓音，唱着一个人
壮美的和声——寂寞在狂欢
精神在独舞

8

三月被雨水洗了又洗，每一天
都如此干净美好，如同心田
刚刚萌生的新爱

9

我爱。爱这大寂寞、小悲欢和山野气
爱这斜风细雨，也爱这滚雷怒涛
爱这无法想象的辽阔香气，就像爱着

无法想象的幸福

10

逆风飞翔

每个清晨和黄昏。你知道

这，不仅仅是爱情

11

浮世如烟云

我只担心，人类渐渐丧失

欣赏一朵花的心境与教养

那是一件令人羞愧的事

12

让我静静睡在花朵身旁

心甘情愿做你脚下的泥土

陪你慢慢发芽，慢慢开花

慢慢凋谢

听小曲，饮泉水，慢慢慢慢

过完这一生

13

美是一条河

我在这里洗手，濯足，涤心

照影。低头的一瞬，再次惊见

落红逐流水。不懂悲欢的鱼儿
游来游去

14
我走了。把疾病都给你
除了你，没人知道我的痛

15
牡丹，你是药性的光辉
医治着这个世界的痼疾

16
终于学会了安静
将自己呈给时间，请你带走
再谦恭虔诚地
呈给山水

注：重庆垫江，中国山水牡丹起源地，华夏牡丹之源。牡丹种植有近3000年历史。

垫江牡丹回归自然，返璞归真。以山岚水雾，怪石丛林为伍。药用价值极高。

山　居

1

一月滑至深涧，只剩下

突兀的石头和枯枝

满山萧瑟，一定隐藏着某种神的谕旨

2

山中木屋，烤火的短句

飞舞着残生火星

窗外。水清浅，梅影斜

亲人墓地，残冬舔舐着碑上最后的冷光

一粒风的微笑流动，冰崖在晃动，碎裂

喑哑流年，只有菩萨一直细细咀嚼着

尘世的忧伤

3

清晨，拂过耳畔的晨钟

在闭目中点开寂静的暗河

睁开眼，拥抱黎明

4

一朵青莲，睡在昨日的折痕

她的睡姿，构成黑夜的祷告和蛙啼

轻轻的脚步，走出死者之眸

世界总是来得太慢，我种植的兰花
迟迟未开

5
所有缄默都饱含泪水
所有燃烧都将成为灰烬
灰烬里举起的千只手，像希望化为烟雾
不甘心沉默于此，将一条红色的龙
缠上青天

6
将烛火里萃取的词语带回家
还将八十八个不一样的福字
悬挂满屋。他们释放着囚禁的光
熔炼身体里的铁钉和铁钉里的孤独

7
如果可以切开皮肤，切开血管
用一条跳跃的红河
绕着古刹舞蹈，之后汇入两泓静池
左边，残荷枯竭
右边，枯竭残荷

颓然草

1

天空是张虚无的网
我有强大的孤独
抵死对抗

2

流水、夕照、村景
你独自占有的春秋
我已绝望沦陷

3

告诉来者，你所有历经的一切
我不敢卷走
就算千年时光，如同松柏滴落的泪
凝成琥珀
我只是藏身其中，温暖又凄凉
落叶覆盖一层又一层

4

雨开始落，敲打梦
有人翻山越岭，像只大鸟
衔着破碎的鸣声，回到枯枝败叶

5

一滴雨，从七月的树梢回到
土地。裹挟命运
暂获安宁

6

月季又开了。开得如同泛滥的忧伤
暮色被流水带走
来不及怀念和憧憬
黑暗中掘开一个洞。我畅饮空杯
像呼吸缠绕夜的灵

7

不醉，不醒。用悲悯的灰烬
埋葬自己

双桂堂：如果不是爱

1

秋风狂野。燃烧的微粒子
从苍茫深处，纷纷降落
是桂花，是雨水
是破山禅师的经语
日日夜夜的诵读
是几百年来万万千千的祈祷
是从天而降的隐秘悲喜
天色暗淡。朵朵熄灭
是过客匆匆的足迹
听，那些远离的，正在回归大地

2

没有一棵树，会在另一棵死了之后
牢牢惦记
甚至在她的身体里
开出他的花朵，无数，无数
如果不是爱

3

那么多的花朵，从她梦里飘落
不，是蝴蝶（人们总是无法分辨花朵和蝴蝶，像做梦）
从一朵花，飞向另一朵
将一朵花的疼痛，投刺到更深的疼痛

我埋葬了所有落花。金穗亦不值得拥有
如果不是爱

4
放生池里的乌龟，一动不动，但它活着
它需求极少
空气、阳光、雨水，皆能
使之坦然而自足
可是我要死去
除了爱，可以拯救爱

5
红尘悲欢，都是落叶
那么我，开的不是三色堇
而是四季风
如果不是爱

6
一遍一遍，徘徊在此去的路上
死亡是辽远的祝福
你早已抵达幸福的岸边。我在深山
熄火，默诵，收起一生记忆

7
一朵花开，如云孤独
这不是风景，这是禅意
一棵树，必有安身之地

一颗灵魂，定会寻得
最后的家
人世中央，仰望，或者低眉
驻足倾听满树繁华的歌吟，以及
颤栗中深邃的寂静

注：双桂堂位于重庆市梁平县金带镇万竹山，始建于清顺治十八年（1661年）。相传堂中双桂是月中嫦娥亲手所培。中秋之夜，送往人间，落于宁波天童寺院内。密云法师将之交给弟子破山，并称“桂树生根之处就是你安身之地”。从此，破山在此兴建寺院，传播佛法。一金一银两棵桂树，在晨钟暮鼓中风雨相伴几百年，恩爱如初，如同神仙美眷。可某天其中一棵死掉。此后，活着的那一棵，一半开白花，一半开黄花；任性又理智地活着，爱着——堪称神奇。

依　稀

1

雨水，秋天的墨汁

刚刚完成一幅湿漉漉的山水图

璧南河、吊脚楼、风雨桥、黄葛树、客栈、商铺、茶楼

钓鱼翁、浣衣女、客商、走卒、贩夫、妓女、说书人……

徐徐卷起来的清明上河图

收存于心，藏在

眼眸最深处

2

格子窗下。一双眼睛正在打开

折叠的记忆。火烧坝还有摇曳的火光

在暗夜开出一朵朵鲜红的梅

3

芦苇须发尽白啊。等来一场山高水远

秋风袅袅。南华宫，戏台上的人影，还在演绎

没有结局的红尘故事

4

乡村公园。身穿白裙子的葱兰

摇曳着我昨天的模样。尘世很低。一排翠竹

盎然的节，奔向高远的天空

它从来不向生活低头

5

在水岸。等一叶扁舟

摇来旧时光的波影。以酒，清洗体内的黑暗

以泪，冲洗灵魂的霉斑。阳光穿上婚纱

樱花树下，如同鸟儿起飞

带着雪片一样的渴望

6

梦来了

酒还是酒，花还是花

你不来，断弦的琵琶无人弹啊

歌不歌，画不画

7

故事不提。流水反复洗濯的

不仅是我和思念。连月色也旧了

依稀，你拥着我，从现世逃逸

又在古驿里静静睡去

灵魂线路

2013 年春节期间，一直奔波在路上。我的灵魂在流浪。庆幸的是，每一个地方都留下了诗歌。

——前记

2 月 5 日，来凤驿：一匹马整装待发

山川衔着日月
谁也系不住它脚底的光芒

千年之前，蒙古人的铁蹄溅起冷光
掳走汲水女孩，她怀中的凤凰坠入深井
再也没有收割梧桐树上的幸福

时光如水，牧童催赶着两座青山
静逸的古镇，住着忽明忽灭的往事

策马，扬鞭，执缰揽辔的手
牵着冬天的落日正在狂奔，一边是黯淡下去的烽火
一边，是新鲜绽放的祖国

2月6日，成都：姐姐，我要寻一朵最美的芙蓉

姐姐，夜的话语如静谧空山
你高贵的灵魂是梨花初绽的那朵，蘸有月光的珍珠
璧南河曾留我水一样的诗句
而今天，我驾白云，要寻一朵最美的芙蓉
押上你的韵脚
你在熙来攘往的人群中，登上春台

姐姐，佛前的香还在燃烧，我们执手拜过的神
已然安睡。成都，收纳诸葛的智慧和子美的大爱
化为你闪闪的笑，照亮我的天空
从来凤驿飞出的鸟，一只接着一只
绕着一望无际的平原飞翔

姐姐，你那么美，酒窝里旋转着火苗
我抬头，就看见流水锦绣
无限江山，不问归期
夜里，我俩共剪西窗烛

2月7日，黄龙溪：一条龙的传说

一条龙。误入此地
褐色的溪水，抚摸它的身体
拒绝疼痛的深度。有时，清浅
亦是一种福

一点点水泽，漫过古镇千年
梦还在梦里。那根面，像一句伟大的引言
正在穿越人世的苍茫

悲欢，聚散，生死。水车转动，永不停息
溅起的水珠
又一次点开桃花的心扉

注：①“黄龙溪”，据《仁寿县志》载：“赤水与锦江汇流，溪水褐，江水清，古人谓之黄龙溪清江，真龙内中藏。”
②“一根面”，黄龙溪最有名的特色小吃。当地人过生、婚嫁、远行等都要吃，且寓意多多。

2 月 8 号，川大：梦中盛世花开

从泥土深处开始，向上，向上，向上
那些树木
汲取了每个晨昏的鸟鸣和书声
慢慢长成参天大树
千万座山被托举。万千条水被海纳
千万条路正在寻找出口。夜色中的娇子
还在吐纳霓虹。书中黄金屋关不住颜如玉

跋涉，飞奔，围堵，突围，和解
至圣至贤，酿造出极致的色彩
大美，在静谧梦中
而梦中，盛世花开

2 月 9 日，马边：边城故事

长途的人累了
勒马，饮水，小憩
阳光从两山之巅泻落
满河皆金
两岸的树，等了又等，那个满身药香的人
兜里揣着故乡，偶尔放出来为他唱几声
而这小小的边城
45 度斜坡，刚好枕着思念
45 度的视觉，刚好看见你的到来

你从上游，执荷花灯而来
挂于虹桥之上

他待在那里，一阵剧烈的咳嗽，像夏天的雨
雨停，多年顽疾奇迹般痊愈

2月10日，荥丁：隐者之地

你怏恨了一生的
雨和雾
说收就收。蒲公英带着
春天的词，飞来啦
花香如雨水
从山顶流向小镇的怀抱
小镇一片红艳。风扯一缕阳光，塞进逝者坟墓
黄昏来临，香烛又一次失却言语
藤蔓忍着岩石的忧伤，小树忍着泥土的痛爱
我忍着人世的种种苦味
为那些走丢的亲人们
献祭一抔泥土

2月11日，乐山：佛光照亮红尘

乐山大佛。在三江的波涛之上
目空一切——世人如蚁，匍匐着挤挤攘攘

山水如此混沌。我
紧赶慢赶，还是晚了一步
新年第一炷高香已燃尽

其实，我到底不够清澈，那些伤口一直隐隐发痛
内心的杂草，反复生长
今夜，我静坐大佛脚下
蘸一点佛光，擦半世伤痕。再用梨花写
碎落的诗行
如果你还等我
我一定到来

2 月 12 日，璧山：紫薇拉我留下

亲人们，我放假了
随风，走进山中，无意唤醒了熟睡的玉
茅莱山的紫薇
伸手拉我留下。桃花雨，淅淅沥沥
迷蒙了东林寺的晚钟

山僧还在打坐。千朵万朵的花
撞破山门，飞进庙宇
我站在山顶眺望：
璧江，存封一个世纪的抽屉

一拉开，流动满河的大美

2月13日，临江：在水一方

临江河里的渡船，去了哪里
老船夫遗落的梦，波光粼粼
田野花开不败，蔬菜四季常绿
每片叶子都挂着晶莹剔透的小喜悦
胸中敲打低音，舌尖跳动微火
那是杨龙山云霞的管弦丝竹
吹奏着缙云山的春天
和江南杏花一起转身
在水一方，是这一方
记得那年，离去时纤瘦的背影
依稀的泪痕，我把一颗羸弱的心
放在浩荡的江中

2月14日，磁器口：千年水码头

梦中，无数次穿过古巷
将生死相随的影子搬上码头，远航
今夜，拥挤的脚步塞满缤纷的夜
找不到自己当年的容颜。独独
饮一杯凤阙的咖啡。陈麻花是他们的身姿和生活

那么多种滋味，拯救不了思维的饥渴
离爱情一纸之隔的心，聋了。听不见情人节的玫瑰呓语
嘉陵江涌动的一片水，呛得我
无言以对

2 月 15 日，石桥铺：波西米亚风格的爱

石头泊着坚强，搭起一座桥梁
店铺一夜之间，开满森林
波西米亚的薰衣草啊，紫得要命
层层叠叠的花裙子，张扬着个性
那个流浪的梦，注定无法删除
亲爱的，如果爱，请别锁在心上
解放囚禁的春天，将是刻不容缓的事情

2 月 16 日，洋人街：西洋的玫瑰开过来

把十六世纪的马车开过来
载着西洋的玫瑰开过来
一直开到银河和外太空
将阳光下的面具抛开，玩转极限
将温情还给太阳，将眷恋还给月光
将天马行空还给想象。将眉心紧锁的那个人
还给永恒

请遗忘我的名字
一座城，必须要有飞舞的时尚
一个人，必须要有一颗不被腐蚀的真心

2 月 17 日，来凤驿：暗斑布满地图

摸着命运的石头，任鱼虾啄我肉身
是一束光，引我渡河
行囊装满风雨，咬紧牙关的那个词
终于爬上岸来。从玉中跑出的黑点
消失于深巷

走过一段传说，佛荫寺大殿前
暗斑布满地图
一只受伤的松鼠，还在咀嚼
战栗的呓语

小欢喜大寂静（后记）

我一直渴望有一个地方，既渺小，又阔大；似真亦幻中，能满足我所有的梦想。这里，我时而行走，时而飞翔，沉醉，迷失，找寻。这里，既可与世界保持距离，又能让我融入其中，随心随缘，物我皆忘。四季轮回，万物演绎不同的色彩，该流逝的会流逝，而留给我的，是此生享用无尽的黄金。爱默生说，我们从自然中学到的知识，远远超出我们能够任意交流的部分。所以，我相信破寺、石头、山风、野花等等，都闪烁着动人的微光，摇曳着自己的小悲欢，我期待通过诗歌的书写记下瞬间的美好，揭开生命的本真。在每一个平淡的日子，让风声雨声、花香光影过滤喧嚣，而我能安稳从容，如草木般寂静欢喜。

想起北欧隐士豪格，这个一生都生活在挪威峡湾小渔村、仅靠种植 3 英亩苹果园为生的诗人。在我眼里，他的世界很小，也很大。他用一支笔掏出了蕴藏在寻常生活之下的深邃思想和美好诗意。他是真正的诗人。如我这般笨拙之人，自然做不到他那样的精致悠然，也达不到他那样的高深丰厚，但无论怎样，一个人能守护一片山水、一轮明月，过自己喜欢的生活，在我看来，才算没有辜负人生。

一位老师曾对我说：你生活的来凤应该是一个适合写作和隐居的地方。关于前者，我想时间才有作答的资格。而后者，毫无疑问。在我眼中，这座千年古驿，远去了烽火马蹄，褪尽了昔日繁华，更加山明水净，翰墨飘香。对于一个简单如水、心性如风之人，工作之余，放牧山野，游走田园，沉溺于这份安静与美好，倒也自在快乐。坦率地说，我不是一个逃跑主义者，更谈不上隐士。人首先要生存，然后才能奢谈精神和艺术的追求。

只不过，我是个容易满足，容易被生活中的小点滴、山野中的小生命感动的人。

非常幸运，也非常幸福能出版这本诗集。要说的话太多，要感谢的人也太多。比如，先生对我一贯的宠爱和鼓励，女儿赐予我生命的完整和饱满，老师李钢、赵兴中、蒋登科等，对我诗歌的指导、思想的引领，还有朋友们的关心和支持……每一个出现在我生命中的人都值得感谢。加尼特说："以沉默来表示爱时，其所表示的爱最多。"是的，与时光并行，唯有沉默。就像此刻，站在7楼的阳台，看东山水墨画卷自由舒展。我知道，这是从我的老家缙云山绵延而来，也是从我心底逶迤而至的。我们，彼此无言，相看不厌。我懂它的姿势，它的颜色，它变幻的烟霞……

西风起，寒意生，大地苍凉。我不怕，有你们，有诗，足以抵挡任何尘世风雪。

张鉴

2015年10月12日